Diamantha Pearl

**Solo Intimidad
El Primer Encuentro**

2024 Goozlyzo

Primera Edición 6 DE MARZO DE 2024
Copyright Diamantha Pearl
Copyright Goozlyzo
www.goozlyzo.com
www.diamanthapearl.com
ISBN: 9789083425214

Este libro está dedicado a ti...
¡Tú que estás cachondo!
¡Tú que aún no te atreves!
Tú que no puedes tener suficiente.
Tú que todavía necesitas ayuda.
Tú que aún estás seco.
Tú que quieres un cambio.

Sí, estoy aquí para ti...

Historia 1 Playa Nudista

Historia 2 Feliz cumpleaños a mí

Historia 3 Problemas con el coche

Historia 4 ¿Fuego extinguido?

Historia 5 El campamento

Historia 6 El mecánico

Historia 7 La piscina

Historia 8 El director de la escuela

Historia 9 Servicio de habitaciones

Historia 10 Brasil

Historia 11 Su sueño, mi mayor pesadilla

Historia 12 Habitación 306

Historia 13 Tiempo para mí

Historia 14 Viaje en tren

Historia 15 Empresario francés

Historia 16 El Gigoló

Historia 17 Tantra

Historia 18 Tres

Historia 19 El paciente

Historia 20 Sí, señora

Historia 1

Después de un largo año de trabajo, por fin llega el momento de las vacaciones. A menudo voy a playas nudistas en el extranjero. Es bonito y anónimo. Un país extraño, un lugar extraño, gente extraña. Muy delicioso.

Me acuesto cómodamente sobre mi toalla de baño. Es un lugar apartado y tranquilo en la playa.

Me quito los pantalones y la camiseta. Por supuesto, tampoco puede faltar mi bóxer.

Hay una señora a mi lado, a unos 100 metros. Tiene dos nalgas bien formadas y piernas musculosas. Sospecho que tiene poco más de 30 años. Tiene cabello oscuro y una hermosa piel bronceada.

Por un momento tuve la impresión de que teníamos contacto visual.

¿Qué estoy haciendo?, pensé.

Me levanto y corro hacia el mar.

Me daré un chapuzón ahora mismo.

Es muy sabroso. El mar no es ni demasiado frío ni demasiado cálido.

Siento una gota. Miro hacia arriba. No hay nubes, pero de repente empieza a llover copiosamente. Agarro mis cosas y corro hacia un cobertizo.

La señora bronceada que yacía a mi lado también corre hacia el cobertizo.

No entiendo por qué todos huyen. Solo ella y yo quedamos atrás.

Bueno, no es un cobertizo. Es más que una cabaña.

Un trueno nos sobresalta a ambos.

Ahí estamos. Ambos desnudos con ropa mojada.

"Ahí estamos", dice con una sonrisa.

"Sí, eso pasó muy rápido. "Podría tener algo que ver con el calentamiento global", dije.

"¿Crees?", dice, mirándome profundamente a los ojos.

Siento que se calienta ahí abajo conmigo.

Siento la tensión.

Ella empieza a reír.

"Creo que aquí también se está mojando."

Antes de que pudiera responder, puso su mano sobre mi pene.

Ella palpa el glande con un dedo. Ya estaba saliendo un poquito de líquido preseminal.

"Efectivamente, está húmedo, también ha llovido allí", afirma.

"A ver si hay tormenta en tu zona también," digo.

Froto su clítoris con tres dedos. También es agradable y húmedo.

"Quiero explorarte más profundamente, ¿está permitido?" Le susurró al oído.

"Sí," dijo.

Acaricio el interior de sus muslos con la parte superior de mi mano.

Hace un círculo burlón en mi glande con su dedo índice. Froto dos dedos entre sus labios. Siento que son bonitos y húmedos también.

Alterno apretando y masajeando. Sigo con mi mano.

Ajá, encontré su clítoris.

Ese olor a mar y a calentura. Esa es una combinación perfecta.

Me arrodillo frente a ella. Paso mi lengua de arriba a abajo y de abajo hacia arriba sobre su coño. Hago el mismo movimiento cada vez más rápido.

Coloco mi mano cerca de su ombligo para poder sentir la reacción de su cuerpo.

Ella comienza a temblar. Voy más profundo, más rápido y más fuerte con mi lengua.

Vaya, lo que mi lengua puede hacerle a alguien, pensé.

Con mi mano abro sus labios para poder chupar su clítoris.

"Aaaaa" dice temblorosamente. ¿O ella gimió? No tengo idea, solo tengo toda mi atención en su clítoris.

"Fóllame ahora," dice ella, gimiendo.

Me levanto. Ella se da la vuelta.

Empujo mi pene dentro de ella por detrás. El famoso Doggystyle.

Oooh, que calor y está húmedo. Bendecido.

Agarró sus senos con la mano mientras empujo. Le doy duro.

Mientras empujo con más fuerza, el trueno también ruge.

Escucho rayos. De alguna manera me vuelve cada vez más salvaje.

"Ya vengo, ya vengo," dice.

Gimiendo con unas cuantas embestidas profundas y duras, me vine dentro de ella.

Ella grita: "Aaaaaaa."

Saco mi pene de su coño. Todo el semen está goteando.

Aún está lloviendo.

"¿Vamos a hacer otra ronda?" Dije jadeando.

Ella empieza a reír.

Creo que vamos a quedarnos aquí por un tiempo, no hay señales de que esto vaya a parar pronto," dice.

DIAMANTHA: "Según he oído aquí, tuviste una experiencia agradable. ¿Cuál es el problema?" Pregúnte a Richard.

Richard: "Aún no había terminado con mi historia."
Richard continúa...

Después de ese día volví a esa playa nudista.

Estaba tomando el sol desnudo, por supuesto.

De repente, una señora morena se para frente a mí.

"Oye", dice ella.

Me senté.

Ella le tendió la mano. "Soy Nady," dice.

He oído cosas buenas sobre ti.

"¿Qué has oído?" Le pregunté sorprendida.

Una amiga mía me dijo que se había follado a un turista aquí.

Ella te había descrito y te reconocí por tu tatuaje.

"Tengo un tatuaje de corazón con una R," dije.

Ella se levanta de repente.

"Vamos a caminar".

Me levanto y la sigo.

Nos adentramos en las dunas. No hay nadie ahí.

Ella se queda quieta.

"Abre la boca," dice.

Abro la boca. Mete los dedos en mi boca y baja lentamente la otra mano. Sus manos llegan a mis escroto. Lo aprieta suavemente.

Sigo mirando hacia adelante. A ver si nadie viene y nos pilla. Saca su mano de mi boca y comienza a masajear mi pene. Mientras su otra mano masajea mis escroto. Yo, a mi vez, visito su cuerpo. Siento con mi mano lo suaves que son sus piernas.

Ella presiona sus caderas contra mis caderas. Pongo una mano en su culo y la otra en su coño. Ella abre más las piernas para que pueda alcanzarlas más fácilmente. Mi mano llega a sus labios. Los masajeo suavemente.

"Fóllame cómo te follaste a mi amiga," me susurra al oído.

En ese momento introdusco tres dedos. La asusta.

Mi dedo masajea la pared interior. Se siente resbaladizo, cachondo y cálido. Ella también comienza a tirar de mi pene con más fuerza.

No puedo aguantar más.

Le doy la vuelta y ella se inclina. Rápidamente, puse mi pene en su vagina. Empiezo a empujar con fuerza.

Ella comienza a gritar fuerte de placer.

"Grita más tranquilo", le dije.

"Estamos a punto de ser atrapados."

Sus gritos combinados con la idea de que podrían atraparnos en cualquier momento realmente me excitan. Y eso me hace empujar más fuerte.

"Ya voy," dije.

Ella rápidamente da un paso adelante.

"Espera," dice ella.

Ella se da vuelta. Se arrodilla frente a mí y se lleva mi pene a la boca.

Siento que llega mi orgasmo y empiezo a respirar con más dificultad.

Me corro en su boca. No solo eso, sino que ella tragó cada gota.

Ella sonríe y se levanta.

Ella me mira profundamente a los ojos y sale corriendo.

Diamantha: "¿Cuál es tu problema, por qué estás aquí?" Le pregunté a Richard.

Richard: "Bueno, no puedo olvidar su cara Esa mirada intensa".

Diamantha mira su despertador. La alarma se apaga.

Diamantha: "Se te acabó el tiempo. Continuaremos en la próxima cita."

Diamantha a los lectores: "La historia de Richard continúa en la parte 2. ¿Te veré entonces?"

Historia 2

Éramos un buen grupo de amigos. Yo, John, Devany y Frank. Pero desde aquella noche todo ha cambiado.

Es el sábado 10 de mayo. Estoy celebrando mi cumpleaños número 28 en una casa de vacaciones que alquilé.
Invité a mis amigos y familiares. La casa estaba completamente llena. Después de bailar y comer mucho, la fiesta terminó a las tres de la madrugada.
Nos quedamos atrás los cuatro, John, Devany, Frank y yo.
Estaba limpiando en la cocina.
John me abraza por detrás.
"¿Tiene algún deseo más, señora Raida?" él me preguntó.
"Sí, un lindo baile contigo," respondí desafiante.
Puedo oler por su aliento que John ha bebido bastante.
Ya no va a conducir más, pensé.
Me doy vuelta y me besa en la boca.
"Felicitaciones, cariño," dijo.
Denavy y Frank están hablando en una mesa de la sala de estar.
John y yo vimos a Frank masajeando las nalgas de Devany.
John me mira. Pone su mano en mi trasero.
"Tienes un trasero mucho más bonito que el de Devany," me susurra al oído.
Me pongo a reír y me aprieta las nalgas.
Me asusta.
"Eso es emocionante," pensé.
Mientras tanto, miramos a Devany y Frank. Hacemos exactamente lo que ellos hacen. Frank aprieta las nalgas de Devany. Él mete las manos en la parte de atrás del vestido y siente sus cálidas nalgas.
John mete las manos en mis pantalones para llegar a mis nalgas.
"¡Qué nalgas tan suaves tienes!" dijo.

Frank se sentó en una silla. Devany se quita el vestido y se sienta maliciosamente en su regazo. Ella estaba deslizando maliciosamente su culo sobre su pene.

John se para detrás de mí y, en broma, frota su pene contra mi trasero.

"Ah, ¿qué me estás haciendo?" dice Frank, jadeando.

"Ni siquiera he empezado todavía," le dijo Devany a Frank.

John pellizca mis pezones duros.

"¿Estás disfrutando de la vista?" me preguntó mirando a Devany y Frank.

John lentamente comenzó a abrir el botón de mis pantalones. Y lentamente desliza su mano dentro de mi ropa interior. Siente los labios muy húmedos.

Oigo a Devany y Frank gemir.

Mientras masajeaba mis labios con sus dedos, me dio un chupetón en el cuello.

"Más fuerte," dije.

"¿Qué debería hacer más duro?" me preguntó.

"Chúpame más fuerte, por favor," dije mordiéndome los labios.

Frank le quita el sostén a Devany y le chupa los pezones.

"Mmm…," gime Devany.

Creo que hace calor ver a Devany divirtiéndose.

Me doy la vuelta y beso a John ferozmente mientras deslizo mi mano en sus pantalones.

No puedo alcanzarlo muy bien, así que le abro los pantalones.

Y empieza a jugar con su pene.

"Nunca supe que tenías un pene tan grande," dije.

Pone su mano en mi ropa interior.

"Eres agradable y mojada, ¿estás cachonda por mi polla?"

preguntó.

Él mete su mano más profundamente en mi vagina. Saca su mano de mi vagina y la mete en mi boca.

"Prueba tu propia excitación," dijo.

Con mi boca húmeda me inclino sobre su pene y lo meto en mi boca.

Me lo metí todo en la boca.

¿Qué salchicha tan deliciosa es esta?—pensé.

Me saco el pene de la boca para ver qué están haciendo Devany y Frank.

Frank gimió y vi semen saliendo de la boca de Devany.

Devany se levanta y camina hacia John y yo.

Ella se agachó a mi lado.

"¿Lo hacemos juntos?" me preguntó.

"Sí, cachonda," dije.

Dividimos el pene equitativamente.

Ella chupa del lado izquierdo y yo chupo del lado derecho.

Después de dos minutos, John llegó chorreando. Nos roció la cara a ambos.

Devany continúa desnudándome. Y sigo desnudándola.

Seguimos desnudos en el sofá del salón. Los chicos vinieron, pero nosotros no. Así que ahora es nuestro turno. John y Frank se sentaron frente a nosotros para ver nuestro show.

Fui con la pierna bien abierta y Devany se arrodilló con el culo delante de John y Frank.

Devany y yo empezamos a darnos un beso francés. Jugamos con los pechos del otro. Me acosté boca arriba y ella se acostó sobre mí en la famosa posición 69. Empezamos a comernos unos a otros.

Disfruto cada movimiento de lengua que hizo Devany.

Dejamos de comer el coño y miramos a Frank y John. Vimos que ambos tenían una erreción.
Nuestro contacto visual lo dijo todo. Se pusieron de pie.
Devany y yo nos sentamos en el sofá con el trasero en alto.
Frank me metió su pene. Y John metió su pene en Devany.

Los cuatro empezamos a gemir de placer.
Cuanto más fuerte era el empujón, más fuerte gemíamos.
Los cuatro vinimos al mismo tiempo.

Diamantha: "¿Y el problema ahora es que la amistad ya no es la misma?" Le pregunté a Raida.

Diamantha a los lectores: "La historia de Raida continúa en la parte 2. ¿Los veré entonces?"

Historia 3

Inmediatamente, pisé el pedal del freno cuando vi la luz roja. El coche se detuvo justo a tiempo.

"¡Mierda!"

Siempre sucede cuando es un inconveniente. "¿Por qué ahora, problemas con el coche?"

Conduzco el coche por la carretera. Detengo el coche y lo apago. Espero 5 minutos y vuelvo a encender el auto. Ya no hay luz roja encendida. Decido seguir conduciendo el coche y visitar el taller al día siguiente. O puedo pedirle a mi vecino que lo vea.

Conozco muy bien esta carretera, conduzco aquí todos los días. ¿Fue el clima lo que me mantuvo distraído o algo más? Ya no puedo recordarlo. Hacía mucho calor en el coche. No tenía aire acondicionado porque hacía tiempo que se había roto.

Me pasa un Ferrari dorado.

"¿En qué está pensando? ¡Tengo prioridad!"

Acelero fuertemente para adelantarlo. Me acerco a él. Hago un gesto con la mano, aunque sé que alguien ciertamente no puede verme. Me miró por el espejo retrovisor y levantó el dedo medio. Luego levanté también el dedo medio.

Tomé una respiración profunda. Hacía unos 37 grados. Puedo sentir el sudor rodando por mi frente. Seguí conduciendo y ya no lo vi más.

De repente sentí que alguien me estaba mirando. Miré y me sorprendí. Era otra vez el Ferrari. Bajó la ventanilla. "Lo siento, pero mi dedo medio es más grande que el tuyo," dijo amablemente.

Creo que tiene poco más de cuarenta años. Tenía cabello castaño y barba. Y unos ojos azules muy bonitos.

Un hombre agradable y apuesto, un coche caro y un idiota

amigable, pensé. ¿Qué trabajo tendría? Quizás algo en marketing o ventas. O tal vez tenga su propia empresa.

"¿Cómo obtuviste tu licencia de conducir? ¿No conoces ninguna regla?" Yo pregunté.

"¿Te invito a un buen café ?" preguntó.

"¿Hablas en serio?" le pregunté.

"Sí, lo digo en serio. Sígueme," dijo.

Conduje tras él.

Por supuesto, con mi coche es bastante difícil seguir le. Había llegado antes que yo al café Le Marind.

Es una cafetería muy conocida. Entré. Un camarero se me acercó. "El señor Tentad te está esperando, sígueme," dijo. Caminamos hasta la parte trasera. Allí de una oficina decorada con estilo. Todo estaba hecho de roble. Luego entró y me estrechó la mano.

"Soy Tony Tentad, dueño de este café. Y de varias otras empresas," dijo.

"Pensé que íbamos a tomar un café, entonces ¿por qué estoy aquí? Podemos sentarnos en la cafetería, ¿verdad?"

"Quiero ofrecerte mi propio café, este es un café único y especial," dijo.

"¿Estás bromeando, verdad?" Yo dije.

Qué bastardo más confiado y arrogante, pensé.

Él sigue mirándome directamente. También sigo mirándolo directamente. Continuó: "Vamos a subir a mi departamento. En mi habitación tengo una cama de tamaño Queen. Te ordeno que te quites la ropa y elijas una lencería. Luego te acuestas en mi cama. Me quito la ropa y me acuesto a tu lado, me acuesto de lado para poder acariciar con mis manos tu cuerpo. Mis dedos siguen el contorno de tu sostén, provocando que tus pezones se endurezcan. Duro de deseo, duro de excitación. Te gustaría que te tocara los pezones, pero no lo hago. Deslizo mis dedos sobre tu estómago. Me acerco lentamente hacia tus bragas. Me abres las piernas. Siento que ya me añoras. Me levanto y te miro. Veo que no tienes control sobre tu cuerpo. Me voy a sentar con las piernas abiertas sobre ti. Te quitaré el sostén y las bragas. Respiras profundamente. No sé si es por deseo o por timidez. Paso mi lengua por tu pezones, y luego más allá del ombligo. Tú gimes. Dices: Lámeme, por favor". Paso mi lengua por tu clítoris. Gritas de placer. Te doy la vuelta. Te acuestas boca abajo en la cama. Yo me acuesto encima de ti y me vengo con mi pene dentro de ti. Te estás aferrando a las sábanas. Estás enterrando tu cabeza en las almohadas. Estás gritando de placer. Me estás pidiendo que no pare. Sigo empujando. Estás gimiendo. De nuevo."

"¿Qué hiciste?" Le pregunté a Denna.

Casi no puedo creer lo que estaba diciendo. No entiendo por qué hombres como él piensan que las mujeres abrimos las piernas inmediatamente porque son éxitosos.

"Creo que es una buena manera de compensarlo." Mejor que el café. ¿No crees?" él dijo.

Honestamente, debo admitir que su propuesta me puso cachonda. Lo miré directamente y dije: "No, gracias." Con mucho autocontrol y confianza en mí mismo dije: "No me excitan hombres tan arrogantes como tú."
Salí del café riendo. Quedó asombrado.

"Es bueno que puedas controlarte," le dije a Denna.
"Sí, estoy orgulloso de mi reacción," dijo Denna.
"Entonces, ¿por qué estás aquí?" le pregunté.

Cuando llegué a casa pasé por mi vecino. Es mecánico de automóviles.

Toco el timbre. Él abre la puerta.
"Hola, Denna. ¿Cómo estás? Pasa," dijo.
"¿Quieres algo de beber?"
"¿Qué tienes?" le pregunté.
"¿Café, té, refrescos? Creo que un refresco estaría bien con este clima."
"Sí, está bien."
Nos consiguió a él y a mí Sprite. Me senté en el sofá. Deja las bebidas en la mesa auxiliar y se sienta a mi lado.
"Pensé en ti porque vi una luz roja. No sé nada sobre autos. Por mi propia seguridad, quiero que le eches un vistazo," le dije.
"Claro, yo puedo ayudarte. Dame tu número y te avisaré cuando recogeré las llaves."
Intercambiamos números de teléfono. Eché un vistazo rápido a sus pantalones. Todavía tengo la historia de Tony en mi mente. Bebí el Sprite muy rápidamente y me levanté.
"Voy a ir de nuevo. Tuve un día muy ocupado hoy. "Avísame cuando tengas tiempo."

A la mañana siguiente todavía estaba en la cama. ¿Quién se va a levantar temprano el sábado por la mañana?
Me encanta dormir desnuda. Especialmente con este clima cálido. Decido enviarle un mensaje a Henry.
"Hola, vecino, buenos días, ¿sabes cuándo tienes tiempo?"
Oí sonar el timbre. Me pongo la bata de baño y camino hacia la puerta.
Yo abro la puerta. Sí, es el vecino.
"Oye, acabo de enviarte un mensaje de texto," le dije a Henry.
"No lo había leído todavía. Pensé que ahora tenía algo de

tiempo para echarle un vistazo a tu auto. ¿Tienes las llaves para mí?"

"Sí, te los traeré."

Camino hacia la mesa de la cocina, tomo la llave, camino de regreso a la puerta principal y le entrego la llave.

"¿Te gustaría una taza de café?"

"Sí, bien gracias."

"Venga."

Entra y se sienta a la mesa del comedor.

Tomo dos tazas del armario y enciendo la máquina de café.

Me llevo las tazas, las pongo sobre la mesa y me siento justo enfrente de él. Saca un terrón de azúcar de una caja que está sobre la mesa. Lo dejó caer accidentalmente. Se desliza hacia abajo para agarrar el terrón de azúcar del suelo. En ese momento accidentalmente abrí mi pierna para que pudiera ver que no llevaba bragas. Miró mi coño calvo. Volvió a subir.

"Quería ir a la playa hoy. Pero eso no es posible si no tengo un coche. Así que hoy será un buen día de serie."

"¿Vamos a ver tu coche? Quizás no sea nada grave. Entonces aún puedes ir a la playa."

Tomamos el café y luego caminamos hacia mi coche. Él se sienta en el asiento del conductor y yo en el otro asiento al otro lado. Empezó a leer el coche con un dispositivo especial.

"¿Ese dispositivo puede leer todo?" Le pregunté a Enrique.

"Sí, pero no puedo garantizarlo."

Debido a mi curiosidad, no me di cuenta de que el albornoz se había abierto. Y que estaba mirando mi pecho.

Cierro el albornoz nuevamente.

"Todavía estoy trabajando en el coche."

"Entonces seguiré haciendo cosas en la casa."

"Iré a darte la llave cuando termine."

Salí del coche y entré.

Estaba sentada en el sofá viendo la televisión. ¿Qué estaba viendo? No tengo ni idea. Mis pensamientos todavía estaban con Tony, ese imbécil arrogante de ayer. Noto que todavía estoy caliente.

Un momento después escucho el timbre. Me levanto y camino hacia la puerta. Abro la puerta y en ese momento dejo caer el albornoz al suelo. Asustado, dejó caer la llave del coche al suelo.

"¿Te gustó lo que viste en la cocina y en el coche?" Le susurré al oído.

Respondió a esta pregunta con un beso francés.

Mientras nos besamos apasionadamente, siento sus manos sobre mis pechos.

"Espera, cierra la puerta."

Cerró la puerta principal mientras me besaba. Masajea suavemente mis pezones con su mano.

Dejamos de besarnos. Le quito la camiseta y palpo su pecho.

"Mmm… vas al gimnasio a menudo."

Sin que pudiera seguir hablando, metió su lengua en mi boca.

Lo desvisto más lentamente. Estamos desnudos uno frente al otro. Me dirige al sofá de la sala de estar. Me empuja hacia el sofá. Se acostó encima de mí y comenzó a lamer mi cuello. Gemí de placer.

"Te escucho gemir. ¿Estás dispuesto a hacerlo?" preguntó.

Sin que tenga tiempo de responder, me muerde el lóbulo de la oreja. Besó su camino hasta mi ombligo. Se acercó y me mordió el cuello. Hace círculos con la lengua. Besándose, pasa su lengua por mi cuello. Se detiene en mi pezón. Gimo de nuevo. Muerde un pezón mientras masajea el otro pezón con una mano. Le pellizco juguetonamente el pezón mientras él lame el otro pezón. Al cabo de un rato cambia.

Besándose baja hasta llegar a mi coño.

"Mmm… tienes un lindo y dulce coño. Mmm… muy caliente," dice.

Me da un beso en mis labios. Besa y lame mi ingle. Se mueve más y más hacia abajo con su boca hacia mis rodillas.

De repente regresa a mi coño. Respiro profundamente. Siento su cálido aliento en mi clítoris. Vuelve a besar mi rodilla. Vuelve a mi coño. Él sopla sobre él. Me sentí sin aliento. Gimo y pongo mis manos sobre su cabeza. Juega con mi clítoris con su linda lengua.

Vaya, eso es tan sexy.

Mientras tanto, frota mi coño con tres dedos y presiona suavemente los tres dedos en mi vagina. Me toca de un lado a otro, mientras sigue estimulando mi clítoris con su lengua. Me chupa el clítoris.

Gemí de placer.

Desliza dos dedos en mi vagina mientras presiona un dedo contra mi trasero.

No pude aguantar más. Le echo un chorro en la boca. Pero esa no fue razón para que dejara de comer cunnilingus.

"Párate," dijo.

Me puse de pie. Su polla se había puesto dura por la excitación. Agarro su pene y lo meto en mi boca. Empecé a chupar lo más profundo que pude.

Mmm… ¿Qué pene más grande y grueso tiene, pensé?

Pone sus manos sobre mi cabeza y se mueve al ritmo en que soplo. Dejé que su pene se deslizara sobre mi lengua mientras chupaba.

Dejo de hacer mamadas. Empiezo a lamer su glande. Abro mucho la boca y saco la lengua. Golpea mi lengua con su pene. Luego volví a meter su pene profundamente en mi boca.

Creo que las mamadas son una de las cosas más divertidas que se pueden hacer. De esta manera siento que tengo control sobre el hombre.

Él gime.

Lo estás haciendo muy bien, Denna, pensé.

Mientras tanto, empiezo a jugar con su escroto con la mano.

"Ya casi vengo," dijo.

Empecé a chupar más fuerte.

"Ay, Denna, ay mami que rico lo haces," dijo, gimiendo.

Llenó mi garganta y mi boca.

"Ay, puedes hacer maravillas con tu boca," dijo exhausto.

Ambos nos sentamos en el sofá. Puse mi mano nuevamente sobre el pene.

Sí, aún no he terminado.

Empiezo a jugar suavemente con su pene nuevamente.

"Acuéstate boca arriba," le dije.

Me senté sobre él.

"Todavía estás mojado," dijo.

Empiezo a montar su pene mientras froto mi clítoris.

"Yo, yo…"

Rápidamente, me levantó y roció sobre su estómago.

Me siento en el sofá. Se levanta y empieza a masturbarse.

"¿Dónde lo quieres?" preguntó.

"Aquí," dije señalando mis senos.

Después de 2 minutos, echó un chorro sobre mis senos.

"No nos queda mucho tiempo," le digo a Denna.

Voy a terminar mi historia pronto.

Al cabo de unos días tuve que recoger mi coche en el taller. Entré y no había nadie. Al fondo había una oficina. Caminé hacia allí.

"Hola, soy Denna."

"Vengo a recoger mi coche," dije.

Era un hombre de unos 40 años, con ojos castaños claros, bien afeitado y calvo. Su cuerpo estaba cubierto de tatuajes.

"Señora, su coche aún no está listo," dijo.

Su mirada me puso muy cachonda.

"Yo tampoco," espeté de mi boca.

De repente me miró con una sonrisa radiante. Se paró frente a
mí. Me agarra la cara con ambas manos sucias y llenas de aceite.
Cerró la puerta y comenzó a besarme intensamente.

"Es esto lo que querías, ¿verdad?" él dijo.

¿Besar a uno de los colegas de Henry? No, eso no es posible,
pensé.

Nuestras lenguas juegan un divertido juego de excitación y deseo
de más. Me levanta el vestido. Le quito la camiseta. No
solamente tiene un tatuaje en el brazo, sino en todo el pecho.
Debería formar una anaconda. Le pellizco ambos pezones con
mis dedos. Él gime. Abro su cremallera y froto su bóxer a través
de la bragueta. Puedo sentir que ya tiene una erección.

"¿Te ayudo?" preguntó mientras desabrochaba el botón de sus
pantalones y los bajaba ligeramente. Sale un pene grueso. No es
tan grande como el de Henry.

Agarro su escroto con mis manos. Los masajeo firmemente hasta
que empieza a gemir. Me agacho y pongo mis labios el glande.
Mi lengua hace círculos alrededor de su glande. Presiono mis
labios contra su piel.

"Qué mujer tan cachonda eres," dijo. Me agarra por debajo de
las axilas y me levanta. Me acuesta boca arriba sobre el
escritorio. Deslizo mi cabeza hasta el borde del escritorio y la
dejo colgar sobre él. Desliza su pene profundamente en mi
garganta. Comienza a moverse hacia adelante y hacia atrás con
su pene en mi boca. Y cada vez más profundo. Siento que mi
coño se moja. Saca su pene de mi boca. Me baja la braga. Lame
mi clítoris, lame mis labios, lame mi ingle.

"Mmmm," gemí de placer.

Abro mis piernas aún más para que él pueda entrar mejor en mi vagina con su lengua.

Siento que mis músculos contraen. Siento que estoy a punto de alcanzar mi clímax.

De repente deja de lamer.

"Joder, ¿qué estás haciendo?" Casi me vengo", dije.

Él comienza a reír.

Él continúa lamiendo. Desliza su lengua a lo largo de mi ingle. Me lame los muslos.

"Por favor, por favor, mmmm..."

"Ya casi vego, sigue, sigue."

Sus labios chupan más fuerte mi clítoris. Vengo gritando. Escucho cómo se traga mi jugosa calentura. Lo lame hasta dejarlo completamente limpio. Me puse de pie. Me agarra por las caderas y empuja su pene profundamente hacia adentro. Empuja cada vez más fuerte. Quería sacar su pene de mi vagina, pero no podía aguantar más. Me chorreó.

"Eso estuvo muy caliente," dijo.

"Este es nuestro secreto, no se lo cuentes a nadie más," le susurré al oído.

Esa misma noche, Henry viene a tocar el timbre. Trajo la llave del auto. Abrí la puerta.

"Aquí, señora," dijo.

"¿Cuánto debería darte?" Le pregunté a Henry.

Él me miró. Me empujó contra la pared. Cierra la puerta y se para frente a mí. Con mi mano derecha le desabroché el pantalón y luego mis dedos se deslizaron sobre su bóxer. Luego deslizo mis manos sobre sus nalgas y las aprieto suavemente. Sentí sus músculos tensos. Muevo mi mano nuevamente hacia adelante y siento su pene. Le bajo la ropa interior.

"Mmm… ¿Te apetece? —le susurré al oído.
Sin decir nada, metió su lengua en mi boca.
Mi mano derecha se posó sobre sus hombros y besó mi cuello.
"Mm… hueles muy bien."
Me dio la vuelta, me levantó el vestido y puso la braga a un lado.
Empuja su pene dentro de mi vagina. Él comienza a empujar. Él
va más y más profundamente.
Eso fue rápido, pensé.
"Ya me pagaste," me susurra al oído.
Saca su pene de mi vagina. Vuelve a subirse los calzoncillos, se
cierra los pantalones y vuelve a salir por la puerta.

"Se te acabó el tiempo," le digo a Denna.
"Haremos una cita de seguimiento."

Diamantha a los lectores: "La historia de Denna continuará en
la segunda parte… ¿Los veré entonces?"

Historia 4

¿Lo sabes? ¿Qué llevas años de relación y que el fuego se ha apagado? Estaba más que harta de la situación. Es fácil seguir quejándose sin tomar medidas. Porque todos los días son las mismas tonterías. Trabajar despues para la casa. Cocinar, comer y pasar el rato frente al televisor hasta las diez y media.

Usted ya sabe.

Son las diez y media. Marc se levanta y va al baño a lavarse los dientes. Estoy cansado de su rutina. Después de cepillarse los dientes se desnuda. Pone la ropa en una silla del dormitorio. Luego se mete debajo de la manta. Esta noche voy a hacer un cambio. Me acuesto en su cama. Tomo su mano izquierda y la coloco sobre su cabeza sobre el colchón. Agarro las esposas que había escondido debajo de mi almohada. Aseguro sus muñecas en la cama con las esposas.

"¿Qué estás haciendo?" dijo en estado de shock.

Puse mi dedo índice en su boca.

"No hables, yo decido hoy."

Me levanto y le sonrío. Parece tan desesperado, pensé.

Agarro las otras dos esposas que me quedaban y también aseguro sus piernas a la cama.

"Oye, desátame," dice ansioso.

"Ahora pareces una estrella de mar," le dije, riendo.

No está acostumbrado a desempeñar el papel de sumiso.

No hemos follado tan a menudo desde hace tiempo. Y cuando follamos es la misma posición del misionero.

Saco una caja de la cama. Ordené eso en secreto. Saco una pelota.

Le metí la pelota en la boca.

"Entonces, ahora es el momento de ser zen," le dije.

Ahora no puede hablar ni moverse.

Estoy buscando algo de música sensual.

Me quito la ropa lentamente. Lentamente al ritmo de la música sensual.

Paso mis dos dedos sobre mis bragas. Bromeando, le hice cosquillas en la cara con una pluma. Veo que su pene comienza a endurecerse lentamente.

También empiezo a hacerle cosquillas en el pene con la pluma. Saco un antifaz de la caja y se lo pongo en la cara. Su pene se volvió cada vez más duro. Líquido preseminal sale de su pene.

Me levanto y miro mi obra de arte. Lamo el líquido preseminal. Me hago a un lado las bragas y me siento sobre él con la cara frente a él. Empiezo a montarlo.

Aunque la pelota todavía está en su boca, puedo oírlo gemir.

"¿Nos vamos a una aventura? ¿Vamos a reservar Airbnb?" Le pregunto mientras lo montaba.

"Mmmmm," dijo.

"No te entiendo. ¿Eso es un sí?"

Me levanto, me doy la vuelta y le saco la pelota negra de la boca.

"Sí, parece una buena idea," dijo.

Y así comienza nuestra aventura en Airbnb.

"¿Qué más han intentado?" Le pregunté a Angelina y Marc.

Reservé un Airbnb en Florida. Es un apartamento de lujo al lado de un centro comercial.

Caminamos de la mano por el Centro Comercial. Acabábamos de salir de un sex shop donde compramos un vibrador con mando a distancia.

Hace bastante calor caminando donde hay mucha gente y con un vibrador en la vagina.

El objetivo no es tener un orgasmo. Tengo curiosidad por saber si eso funcionará. Marc controla el control remoto. Marc tuvo que

permanecer cerca para mantener bajo control la conexión
Bluetooth. De vez en cuando perdía el control de mis piernas y
colapsaba por un momento.

Cuando llegamos a casa se acabó la excitación y todo. Saqué el
vibrador de mi vagina.
A otra cosa, pensé.
"Estamos aquí", dijo Marc cuando encendió el intermitente y
giramos hacia el camino de entrada de una villa de lujo. Marc
quería sorprenderme. Bajamos y sacamos las maletas del coche.
"Esta va a ser una semana calurosa," afirmó.
La villa estaba limpia y pintada de blanco por todas partes. Marc
abre la puerta del jardín.
"Tenemos un jacuzzi en el jardín," me grita.
Yo también salí a mirar.
"No grites así. Estamos en un barrio exclusivo."
"Dejaré que se caliente."
Me toma la mano y me lleva adentro.
Comienza a quitarse la ropa.
"¿Qué estás haciendo?" Le pregunté.
"Me voy desnudo al jacuzzi."
"Yo no."
"Vamos, no seas tan mojigato. Está oscuro, así que de todos
modos nadie puede vernos," dijo.
También rápidamente me quité la ropa y lo seguí.
Nos hundimos en el agua lo más profundo que pudimos. Apoyé
la cabeza en el borde del jacuzzi. Sentí que todo el estrés
desaparecía.
"Esto es ideal para la casa," le dije a Marc.
Abrí las piernas y sentí el agua llegar a todos lados. Calentó cada
parte de mi cuerpo.
Me di vuelta y puse mis brazos sobre sus hombros. Acaricié
suavemente su mejilla.

Presioné mis pezones tensos contra su cuerpo. Acaricié
lentamente su labio superior con mi lengua.
Puse mi mano en la nuca y le revolví el pelo. Me miró
sorprendido. Empecé a masajear su pecho con la otra mano.
"Mmm, ¿qué me estás haciendo?" dijo.
Le doy un beso en la boca. Luego tomo el lóbulo de su oreja con
mi boca y empiezo a chuparlo suavemente. Después mete sus
dedos en mi vagina. Creo que fueron cuatro dedos, pensé.
Empiezo a moverme hacia arriba y hacia abajo sobre sus dedos.
Gimo en voz alta.
"Ssssttt," no gimes tan fuerte.
"No pares, ya viene un orgasmo."
Envolví mis manos alrededor de su cuello y me corrí.
Oímos un ruido. Miramos y vimos que la vecina estaba en su
balcón de arriba filmándonos con su teléfono.

"Así que os pilló la vecina," les pregunté a Angelina y Marc.
"Sí, efectivamente," dijo Marc.

Al día siguiente vi a la vecina en la cancha de tenis, continúa
Angelina.
"¿Te pareció cachonda, ayer cuando nos viste?" Le pregunté al
vecino.
"¿Jugamos un partido de tenis?" me preguntó, sin responder a
mi pregunta.
Agotado, tiro la raqueta de tenis a la cancha de tenis. La vecina
viene hacia mí.
"Eres realmente bueno, felicidades," dijo.
"¿Nos damos una ducha?" ella preguntó.
"Sí, está bien." Me levanté y caminé tras ella.
No había nadie en el vestuario, había dos duchas, una al lado de
la otra. Me quito la ropa mientras la vecina me mira. Me quito el

sujetador deportivo al final. Me froto los senos con las manos.
Tomo mis cosas de ducha de la bolsa del gimnasio y camino
hacia la ducha. Siento a mi vecina admirar mi cuerpo con la
mirada.

Abro el grifo. Puse un poco de champú en la mano. Empapa mi
cuerpo desnudo y afeitado.

Mmm… ¡Qué bien se siente esto!, pensé.

Utilizo ambas manos para lubricar la parte inferior y superior de
las piernas y las pantorrillas.

La vecina viene y se para a mi lado en la ducha. Me vuelvo hacia
ella mientras lubrico mi coño. Separo mis labios vaginales para
que el agua pueda llegar mejor a ellos. Separo las piernas y dejo
que los chorros de agua se deslicen por mi espalda hasta la raja
de mi trasero.

La vecina me pone las manos en la espalda.

"Vamos, te ayudaré," dice.

Siento sus manos explorando mi espalda. Me di vuelta y ella
inmediatamente me dio un beso.

Oooh, su lengua se siente tan bien en mi boca, pensé.

**"¿Es la primera vez que besas a una mujer?" le pregunté a
Angelina.**

"Sí, fue mi primera vez."

Puse mi mano sobre su pecho. Y puse sus pezones entre mi
pulgar y mi dedo índice. Lo aprieto fuerte.

"Mmm," gimió ella.

Luego le masajeo los senos con ambas manos mientras ella
comienza a masajear mi coño. Mete dos dedos en mi vagina.
Empiezo a temblar.

"Mmm, qué coño tan cálido tienes," dice.

Siento que los músculos de mi coño se contraen. Ella comienza a tocar mi coño con los dedos mientras jugamos un divertido juego con la lengua. Empujo dos dedos en su vagina. Mientras masajeo su clítoris con mi pulgar. Empiezo a mover mis dedos más rápido.

"Mmm, sigue mm," gimió.

Empezamos a tocarnos más rápido y más fuerte hasta que ambos venimos.

Al día siguiente fuimos a un Centro de Belleza. Recibimos unos masajes, manicura y pedicura. Después de mi aventura con la vecina, quería volver a probar cosas nuevas.

Cuando llegué a casa, Marc estaba arriba en la cama. Estaba viendo la televisión.

"¿Eres agradable y estás desnuda en la cama?" Le pregunté.

"Sí, ven a acostarte conmigo," dijo.

Me quito la ropa y me acuesto a su lado.

"¿Qué piensas de mis pies?"

"Se siente agradable y suave."

"¿Te doy un masaje con él?" Yo pregunté.

"¿Qué quieres decir?"

"Mis pies están limpios y las uñas cortadas, así que no te preocupes," dije.

Me levanto y saco aceite de coco de mi bolso.

"¿Para qué es eso?" preguntó.

"Es para mi pie. "Hace que la piel sea extra suave."

Me siento frente a él. Acaricio la parte superior de su cuerpo con mis pies. Agarra mi pie y me chupa los dedos. Luego puse mis dedos mojados sobre su pene. Me muevo en su punto más sensible.

¡Qué especial es esto!, pensé.

Agarra mi pie nuevamente y comienza a masajear las plantas de mis pies con sus pulgares.

"Mmm, es tan maravilloso," gemí.

Luego me puse aceite de coco en las plantas de los pies. Coloco su pene entre mis plantas y lo froto de arriba a abajo. Voy cada vez más rápido.

"Mmm… ¿Qué me estás haciendo?" gimió.

Coloco mis pies en el borde estrecho detrás de la cabeza del pene.

"¿Sabes cómo se llama eso?" Le pregunté a Angelina.

"No

"Se llama Frenulum."

"Es una parte muy sensible del glande. Por eso es el lugar perfecto para tocar con los dedos de los pies."

Apoyo su pene sobre su estómago. Golpeó suavemente el frenillo con los dedos de los pies. Luego acaricio mi dedo más grande contra él… arriba y abajo.

Se paró en la cama con su pene contra la planta de mi pie.

Empezó a moverse arriba y abajo.

"Yo, yo, yo," gimió Marc.

Vino sobre la planta de mi pie.

"¿Cómo se sienten los footjobs?", le preguntó a Marc.

"En realidad, se siente mejor que el trabajo manual. La sensación de unos pies suaves y aceitados alrededor de tu pene. Mmmm… agradable. Se siente como la vagina más suave y tersa. Mirando unos pies hermosos. Me siento muy atraída por los pies en este momento. "Puedo disfrutarlas durante horas."

"Eso no debería ser un problema," dije.

Diamantha a los lectores:" la historia de Angelina y Marc continuará en la segunda del libro. ¿Los veré entonces?"

Historia 5

Finalmente, ha llegado el momento. He llegado al campamento.

Siempre es un reto empacar cosas y no olvidar nada.

Cuando llegas al campamento, inmediatamente descargas tus pertenencias. El primer día siempre se descansa del viaje.

Al día siguiente fui a dar un paseo en bicicleta. Me encontré con una playa tranquila. Era un lugar perfecto para ver el atardecer.

Saco algo de comida y bebida de mi bolso. No olvidé mi manta y mi cámara. Todavía hacía un calor maravilloso. Me resulta extraño estar sentado aquí solo.

¿No saben los demás dónde encontrar esta playa? pensé.

A lo lejos veo a alguien caminando hacia mí.

"Hola," dijo.

Ella me estrechó la mano.

"India."

"Bernardo, mucho gusto."

Ella se sentó a mi lado.

"He estado viniendo aquí casi todos los días desde que me mudé aquí, ¿tú también vives por aquí?" ella preguntó.

"No, estaré aquí por dos semanas. El campamento me parece muy relajante. "Dos semanas agradables en la naturaleza," dije.

"¿Quieres algo de beber?" le pregunté.

"No, gracias."

Se levanta rápidamente, se quita la ropa y los zapatos.

Rápidamente, corrió hacia el mar y se dio un chapuzón.

"¿Tú también vienes?" preguntó mientras se acercaba.

No hace falta que me lo preguntes dos veces, pensé.

Rápidamente, me quité la ropa y los zapatos. Y también corro hacia el mar y me doy un chapuzón.

"Hace mucho frío," dije.

"Te acostumbras," dice.

Ella empezó a salpicarme y yo empecé a correr tras ella.

"Te tengo," dije mientras la agarraba.

Me rodeó con sus brazos y me dio un beso intenso. Sentí que mi pene comenzaba a crecer debido a esto. Eso no pasó desapercibido. Ella agarró mi pene con su mano.

"Mmm," gemí.

Movió sus manos hacia adelante y hacia atrás.

¿Qué experiencia erótica más inesperada? pensé.

Ella puso sus piernas alrededor de mi cadera.

Sentí algo cálido. Sí, ese era su vagina.

Vaya, qué combinación de mar frío y coño calentito. Con ese sentimiento comencé a empujar más fuerte.

Vaya, cómo se mueven las ondas con mi pene.

Mmm, mejor que cualquier vibrador.

No pude contenerlo más. Vinimos al mismo tiempo.

Al día siguiente me senté alrededor de una fogata con otros vecinos del campamento. Estábamos disfrutando de bebidas y música. Todos se fueron a dormir. Robin, Melinda y yo nos quedamos atrás. Puse los últimos leños al fuego.

"Hace calor", dijo Melinda. Se quita la camiseta y recoge una botella de vino que estaba en el suelo.

"¿Quién quiere vino?"

Antes de que pudiéramos decir algo, ella llenó nuestros vasos. Vuelve a dejar el vino en el suelo. Ella camina hacia nosotros nuevamente y toma mi mano. Con la otra toma la mano de Robin. Ella guía nuestras manos hacia sus pechos. Le sujetamos los pechos mientras se quita el sujetador.

"Aparta las manos por un momento," dice.

Dejó caer el sujetador al suelo.

Vaya, qué bonitos pechos grandes con pezones grandes, pensé.

Inmediatamente, sentí ganas de chuparlo.

Ella se acerca a mí, toma mis manos, las pone sobre sus pechos y me da un beso en la mejilla. Luego va hacia Robin. Ella le agarra las manos, se las pone sobre los pechos y le da un beso en la boca.

Sentí que empezaba a emocionarme. Se giró y empezó a besarme mientras las manos de Robin todavía estaban sobre sus pechos.

Ella se levantó.

"Levántense," ordenó.

Nos levantamos. Ella se sentó en una silla.

"Ven y ponte delante de mí."

"Quítanse la ropa. Una a una. Y al ritmo de la música."

Hicimos exactamente lo que ella pidió.

Al mismo tiempo, empezó a masturbarnos suavemente con la mano. Se metió nuestro pene en la boca.

Ella se levantó. Se quitó los pantalones y la ropa interior. Empuja a Robin hacia la silla en la que estaba sentada anteriormente.

Ella se sentó sobre él. Ella mete su pene en su vagina y comienza a montarlo.

Disfruto de la vista.

"Juega contigo mismo," ordenó.

Empecé a jugar conmigo mismo.

"Ven aquí."

Se metió mi pene en la boca mientras montaba a Robin.

Comenzó a montar más rápido y a chupar más fuerte. Ni dos minutos después venimos los tres al mismo tiempo.

"¿Qué tiene de malo tu experiencia?" le pregunté a Bernard.

"Bueno," continuó.

Fue el último día. Todos estabamos haciendo las maletas. Fui a ayudar a Donna a empacar.

"Gracias por ayudarm," dijo.

"¿Dónde está tu auto?"

"Puedo ayudarte a empacar el auto", le dije.

"Vine en Uber. Voy a llamar al Uber en un momento."

"Puedo llevarte."

"Eso es muy dulce de tu parte," dijo.

Eran alrededor de las tres cuando terminamos de empacar el auto. Después de cuatro horas de viaje, decidimos hacer una pausa.

Estacioné mi auto donde está oscuro para que nadie pueda vernos cuando orinamos.

Donna fue la primera en orinar entre los árboles. Cuando volvió, fui a orinar.

Cuando volví, vi que se había puesto las bragas en el manillar. Me puse otra vez al volante.

"Será divertido así," le dije. Ella me da un beso en la boca. Agarré su cabeza y le di un beso intenso. Besó el freno de mano y se sentó en mi regazo. Moví mi silla más atrás para que tenga más espacio. Inmediatamente sentí algo cálido.

Sí, esa era su vagina. Puse mis manos en sus caderas. Movió sus caderas hacia arriba y hacia abajo.

Ambos empezamos a gemir. Me puse las manos sobre sus pechos. Mientras ella se mueve hacia adelante y hacia atrás, le masajeo los senos con mis manos.

"Vamos, vayamos al asiento trasero." "Ahí es donde te voy a follar profundamente," le dije.

Se quita el vestido y el sujetador. Le di un empujón en las nalgas para que pudiera subir fácilmente. También volví a subir.

Me senté y me quité los pantalones y la ropa interior.

Ella se arrodilla frente a mí, toma mi pene en su boca y comienza a chuparlo. Puse mi mano sobre su cabeza y la empujé hacia abajo para que profundizara.

Ella saca mi pene de su boca y comienza a chuparme las pelotas.

"Mmm… qué lindo."

Empecé a masturbarme con la mano.

"Te voy a follar de nuevo," le dije.

La empujé hacia adelante para que se apoyara sobre sus rodillas y manos. Puse mis manos en sus caderas y empujé mi pene profundamente dentro de ella.

"AAAy."

Ambos gemimos al mismo tiempo. Empecé a empujar con fuerza. Con cada embestida le golpeé las nalgas. Más y más rápido, más y más fuerte, hasta que ya no pude hacerlo más. Ella fue la primera n venir.

La empujé hacia arriba con su espalda contra mi pecho.

"Aún no he terminado contigo," dije.

La presioné contra la barandilla trasera para que pudiera mirar por la ventana trasera. Volví a meter mi pene en su vagina y comencé a empujar de nuevo, pero esta vez lentamente. Puse mi pulgar sobre su clítoris y comencé a dar vueltas en círculos. Ella vino de nuevo.

"Vamos, vamos bebe."

Ella comenzó a gemir y vino. Su humedad me puso más cachonda y comencé a empujar con más fuerza.

Gemí y vine también.

Me dejé caer en el asiento trasero. Ella lamió mi pene hasta dejarlo limpio y empezó a chuparlo de nuevo.

Ella lame mi polla. Ella baja mucho más y rápidamente regresa y toma mi pene en su boca nuevamente.

¡Qué delicioso es esto!, pensé.

Gemí fuerte y puse mi mano sobre su cabeza para hacerla profundizar más. Ella movió su cabeza más profundamente, haciéndome gemir de nuevo. No pude aguantar más y llené su garganta por completo.

"Sabía que eras una puta," dijo.

"Noto que todavía estás disfrutando ese momento. Entonces, ¿por qué estás sentado aquí? " —le pregunté a Bernard.

Diamantha a los lectores: "La historia de Bernard continúa en la segunda parte. ¿Te veré entonces?"

Historia 6

Me estoy relajando en el sofá. Desde el salón puedo ver cómo trabaja el técnico en la cocina.

Qué brazos musculosos tiene, pensé. Noto que me estoy poniendo más cachondo.

Esta mañana tuve sexo con mi marido, ¿Cómo puedo seguir estando cachonda?

Tiene un gran corazón en su brazo derecho.

Ay, está enamorado, pensé.

¡Pero todavía puedo mirar o no!

Se seca el sudor de la frente y se quita la camiseta.

Bueno, no soy el único que siente calor, pensé.

Ay, es tan musculoso. Es ancho. Tiene tríceps y bíceps. Espero que ahí abajo también sea grande y ancho.

Recibe una llamada.

Espero que no sea su esposa.

Él camina hacia mí.

"Señora, acabo de recibir una llamada de un colega. Tengo que ayudarlo con un trabajo urgente. Iré y terminaré el trabajo mañana."

¿Vendrás a matarme mañana también? pensé.

"Sí, no hay problema. ¿Estará terminado mañana? —le pregunté.

"Sí, lo terminaré mañana."

Se pone la camiseta y se fue.

Lástima que ya no puedo disfrutar de la vista. Mañana es otro nuevo día.

A la mañana siguiente abro la puerta. Todavía estoy en bata de baño. Y sí, no llevo nada puesto. Mi marido acaba de irse. Y sí, tuvimos un buen polvo antes de eso. Estamos extra cachondos con este clima cálido. Todavía huelo a semen.

Abro la bata de baño y meto dos dedos en mi vagina. Empiezo a tocarme delante del técnico.

"¿Sigues entrando o te quedarás allí y mirarás?" Le pregunté.

Entra y cierra la puerta.

Él toma mi mano. Juntos caminamos hacia el comedor. Toma una silla. Se quita la ropa y se sienta en la silla.

"Ven y párate aquí frente a mí," dice.

"Continúa masturbándote."

Vuelvo a meter los dedos en mi vagina y sigo masturbándome.

Me mira mientras juega consigo mismo. Su pene también comienza a crecer y endurecerse.

Exactamente lo que pensé. También es grande y ancho.

"Mmm... eres una dama tan traviesa," dice.

"Mmm... ven y siéntate en esto."

Me siento en su regazo. Empuja su pene profundamente dentro de mí.

"Oooh..."

"Qué lindo, esa hermosa gran polla tuya," dije.

Empecé a moverme arriba y abajo. Me siento y él comienza a jugar con mi clítoris. Comienza a dar empujones cortos dirigidos a mi punto G.

Mmm... qué maravillosa combinación.

"Eso se llama Reclined Lap Dance 180," le digo a Monique.
"Continúa con tu historia."

"Levántate."

Me levanté y él también.

Agarra mi cuello con una mano y me atrae hacia él.

Me da un beso ardiente.

"Te quiero muy dentro de mí," le dije.

Me acuesto en el suelo con las piernas sobre la cabeza y levanto la zona lumbar del suelo. Se pone en cuclillas sobre mi cabeza mientras se inclina hacia adelante y empuja su pene profundamente en mi vagina.

"¿Sabes cómo se llama ese posición?" le pregunté a Monique.
"No".
"Esa es una forma de posición del Pile Driver. Creo que tal vez sea la variante retorcida," le dije a Monique.
"Pero sigue adelante."

Masajea mi clítoris mientras está dentro de mí.
Eso es doble placer.
Saca su pene de mi vagina y mete su lengua.
Disfruto su lengua en mi vagina. Entra y sale con la lengua.
"Siento venir el orgasmo."
Mueve su lengua cada vez más rápida. Dentro y fuera. Dentro y fuera.
Chorreé. Su cara y su boca estaban llenas de mi semen. Me senté y lamí su cara para limpiarla.
"Mmm... sabes tán bien," dijo.
Se levantó y empujó su pene profundamente en mi garganta.
Me jodió la boca. Se hundió cada vez más en mi garganta. Dentro y fuera de mi boca. Más y más profundo dentro y fuera.
Entonces sentí un jugo muy tibio en la boca. Gritó de placer.
Me lo tragué todo.
"Eso estuvo caliente y delicioso. ¿Te gustaría tomar algo antes de empezar a trabajar? —le pregunté.

"¿Pudo haber terminado su trabajo como prometió?" La próxima vez hablaremos de Alex, el técnico."
Diamantha a los lectores: ¡Más sobre Alex en la parte 2!

Historia 7

¿Te imaginas que de adulto tome clases de natación?

Buscaba relajarme y mantener mi forma física. Pensé: "¿por qué no combinar los tres?"

Aprende algo, relájate, mejora tu forma física y perder peso. Entonces cuatro cosas.

Después del trabajo nunca tengo tiempo de ir a casa a vestirme y comer algo. Entonces como un sándwich en el trabajo y luego me cambio de ropa. Somos ocho entre 20 y 40 años. Cinco mujeres y tres hombres. Uno de esos tipos es tan alto como yo. Su nombre es Tony.

No solamente voy a nadar, sino también a observarlo.

Su sola presencia me pone cachonda. No creo que se haya dado cuenta de eso.

Siempre me comporto correctamente. Soy una mujer decente.

Ya me cambié en el trabajo, así que solo tengo que quitarme la ropa y ponerla en mi bolso. Guardo la bolsa y camino hacia la piscina.

Llego justo a tiempo. Todos ya se han tirado a la piscina. También me lanzo. Tony vino nadando a mi lado.

"Oye, hoy casi llegaste tarde," dijo Tony.

"Sí, hoy tuve que trabajar horas extras."

"Sigue nadando," grita el instructor de natación.

Después de nadar durante treinta minutos, la lección de natación termina.

Me alegro de que sean treinta minutos. Estarás completamente agotado cuando hayas terminado.

Salgo de la piscina y agarro mi bolsa. Camino hacia un cuarto de baño separado. Cuelgo mi bolso y saco el champú y la crema de ducha. Los dejo en el suelo y abro la ducha.

Mmmm qué maravilla. Un tiempo para mí, después de un largo día de trabajo, pensé.

Tony entra a la cabina y la cierra. Él viene y se para detrás de mí.

Mierda, ¿no cerré la puerta? pensé.

"¿Es idea mía o a ti también te gustó?" me susurró al oído.

"Sí," tartamudeé.

Siento que mi respiración se acelera.

Mueve más su cuerpo contra mí.

"¿Tú también sientes eso?"

Siento su pene contra mi trasero.

"Sí, siento algo. ¿Qué es eso?"

Se quita el bañador y vuelve hacia mí.

"¿Eso se siente mejor?"

"Vaya, si lo siento."

Me doy la vuelta y me besa fervientemente.

Agarro sus nalgas y las aprieto. Muerde mi labio y vuelve a meter su lengua en mi boca.

Me da vuelta y me presiona contra la pared. Pone una mano contra la pared. Con la otra mano explora mi cuerpo. Acaricia mis pechos. Baja lentamente hacia mi ombligo. Mete un dedo en el ombligo. Besa mi cuello. Continúa hacia abajo con la mano. Se detiene en mi coño.

"¿Te pongo cachondo?" Me susurró al oído.

"Continúa," dije.

Agarra mis caderas y empuja su pene profundamente dentro de mi vagina.

Me quedé estupefacto y gemí.

"No tan fuerte, de lo contrario los demás nos notarán", dijo.

Esto se sintió tan intenso.

Esto se sintió tan íntimo.

Saca su pene por completo. Y luego otra vez profundamente en mi vagina.

Me aprieta las nalgas. Él sube y baja. Arriba y abajo.

"Te quise desde el primer día que te vi," me susurró al oído mientras entra y sale de mí.

"Eso se siente tan, tan."

No pude terminar mi frase. No pude contenerme más y vine.

Abro las piernas y agarro sus nalgas con las manos.

"Fóllame más profundo, ve más profundo."

Él profundiza con su pene. Vine de nuevo.

"¿Vienes de nuevo?" preguntó.

"Sí, sí, no pares."

Comienza a jadear cada vez más fuerte.

Avanzamos juntos a su ritmo. Viene mi orgasmo.

"Vamos bebé. Vamos."

Saca su pene de mi vagina.

"¿Por qué haces eso? No vine," dije.

"Yo tampoco."

Me vuelve a meter el pene. Vuelve a acelerar el ritmo. Después de unos cuantos empujones fuertes y vino. Saca su pene de mi vagina.

Me doy la vuelta y le chupo el pene hasta dejarlo completamente limpio.

"The Bodyguard," le digo a Eva.

"¿The Bodyguard?" me preguntó Eva.

"Sí, así se llama la posición, El Guardaespaldas. Esa es la versión simple."

"¿Te han pillado o te han oído?" Le pregunté a Eva.

Diamantha a los lectores: ¿tú también tienes curiosidad? Nos vemos en la parte 2.

Historia 8

Para eso estamos ahí como padres. Mi hijo olvidó su libro en la escuela y tiene un examen al día siguiente.

Rápidamente, fui a su escuela a recoger su libro.

Todos los niños ya se han ido a casa. Solo veo algunos limpiadores caminando por ahí.

Abro el aula y no veo a nadie.

La maestra ya se fue a casa, pensé.

Escuché algunos pasos en el pasillo. Me refugié en secreto en el armario.

¿Por qué me escondería en un armario? No estoy haciendo nada malo, ¿Verdad?, pensé.

La puerta del aula se abre y se cierra. Abro un poco la puerta del armario.

Veo al director Martin besando a la maestra.

Saco con cuidado el teléfono de mi bolsillo y empiezo a filmar.

Lo que veo me empapa.

Le abre la blusa y le desabrocha el sujetador.

"Vaya, tiene unos pezones hermosos," susurré.

Él toma su pezón izquierdo con su boca mientras masajea su pezón derecho con la otra mano. Él le chupa los pezones con fuerza.

Ella gimió.

"SSsshhh, no tan fuerte." "Nos atraparán pronto," le dice Martin a Ariana.

Ella mete las manos debajo de su camiseta y se la quita.

"Vaya, tiene un cuerpo tan bellamente tonificado," susurré.

Ella le baja los pantalones y le baja la ropa interior. Ella pasa su mano arriba y abajo por su polla.

Él gimió.

"No tan duro o nos atraparán, ¡recuerda!" dice Ariana.

Siento que me estoy mojando cada vez más.

Él la levanta, la pone sobre su escritorio y luego empuja su pene dentro de su vagina.

Ambos gimen.

Él comienza a darle lentamente. Va cada vez más rápido.

Estoy tan exitado. Meto mi mano en mis bragas mientras las filmo con mi teléfono con la otra mano.

Dejo de filmar y guardo mi teléfono en mi bolsillo. En ese momento la puerta del armario se abre más.

"Mierda."

¡Estoy atrapado!

Ambos están impactados. Nos miramos con miedo.

Camino hacia ellos.

"Continúa," dije.

Él la empuja con fuerza.

Meto mis manos en mis bragas y empiezo a masturbarme mientras las miro.

Metí dos dedos en mi vagina. Siento lo mojada que está mi vagina. Saco esos dedos de mi vagina y se los meto en la boca.

"Sabes tan bien," dice.

Empiezo a acariciarla. Cierro mis ojos. Siento sus manos en mis senos.

Me quito la camiseta. Ella chupa de mis pezones.

"Mmm…," gemí.

"Ven aquí," dijo.

Agarra mi cuello y comienza a besarme mientras la empuja con fuerza.

Saca su pene de la vagina de Ariana.

Mete tres dedos en mi vagina.

"Ay, estás tan mojada," dijo.

"Quítate los pantalones."

Me quito los pantalones.

"Agáchate para que pueda verte claramente."

Luego me da una palmada en el trasero. Mete su pene en mi vagina. Él va más y más profundo. Me agacho y toco el suelo.

"Oh, esto es tan profundo," gemí.
Ariana disfruta de nuestro polvo mientras se masturba.
Agarra mis caderas y empuja más fuerte y más profundo.
Saca su pene de mi vagina.
"¿Vais a arrodillaros ante mí con la boca abierta?"
Ariana y yo nos sentamos frente a él con las cabezas juntas y la boca bien abierta.
"Oooh, … Aquí viene. "Aquí viene," gimió.
Nos llenó la boca y la cara por completo.

"Downward Doggy, qué maravilloso es eso," le digo a Iris.
"Abajo… "¿Qué?" dice Iris.
"Se llama Downward Doggy. Es una variante del popular Doggystyle. Ambos están de pie mientras que la mujer se toca el suelo. Como mujer, también puedes doblar las rodillas. Ofrece mucha estimulación para la vagina. Ofrece también estimulación del glande del hombre. Es uno de mis favoritos," le digo a Iris.

Historia 9

Llamé a la puerta.

"Servicio de habitaciones," dije.

No obtuve respuesta, así que abrí la puerta.

Saco las sábanas de la cama. Oigo abrirse la puerta del baño.

Me doy vuelta y veo a un hombre alto.

Nos miramos profundamente a los ojos sin decir nada.

"Llamé, pero nadie respondió."

"No lo escuché. Tengo tapones para los oídos," dijo.

Él siguió mirándome. Me sentí muy incómodo.

"¿Te importa si continúo con mi trabajo?" Le pregunté.

"No, no hay problema," dijo riendo.

"Aquí esta noche, a las diez en punto", me susurró al oído y salió de la habitación.

¿Qué cree que soy?, pensé.

¿Qué diez horas en punto? Nin Nada! ¿Qué hago aquí a las diez?

Ya terminé de trabajar. ¿Qué cree que soy? ¿No soy una puta?

Son las tres en punto y he terminado de trabajar. Después de conocerlo me enojé mucho.

Una vez en casa me desplomé en el sofá.

"Qué día."

Era un hombre agradable y atractivo. Puedes ver por su ropa que tiene dinero.

Si tan solo tuviera un hombre como él como compañero.

Entonces no tendré que volver a trabajar nunca más. Nunca más tendré que limpiar.

Pienso y pienso. ¿Debería ir de todos modos? Todos los días es lo mismo, trabajo y para la casa. A casa para el trabajo.

Mmm... tal vez debería hacer un cambio hoy, pensé.

Salto del sofá y camino hacia el dormitorio. Abro la puerta del armario.

—¿Qué me pongo?—dije pensando.

Agarro un vestido negro, un sujetador negro y una tanga negra y los pongo sobre la cama. Agarro una peluca y la pongo sobre la cama también.

"No quiero que mis colegas me reconozcan."

Camino hacia el baño. Me quito el vello debajo de las axilas y en el vello sexual.

Luego me doy una ducha caliente.

Me visto, me maquillo y me pongo la peluca.

"Estoy listo para la aventura cachonda."

Agarro mi bolsa y salgo de casa.

Camino al trabajo. Una vez allí miro mi teléfono. Me quedan 3 minutos.

Ahí estoy. Toco la puerta una vez. Siento la adrenalina a través de mi cuerpo.

Abre la puerta y me mira. Solo lleva bóxer.

"Date la vuelta," dijo.

Me di la vuelta.

"Qué lindo culo tienes," dijo y me dio una palmada en el trasero.

Me atrae de la mano.

Agarra mis nalgas y empuja la parte inferior de mi cuerpo contra la suya.

"Eres una mujer tan hermosa y cachonda." "Esta noche se trata de mí," dijo y me dio un beso francés.

Me siento en el borde de la cama y lo atraigo hacia mí.

"¿Qué vas a hacer?" preguntó.

Se quita el bóxer. Sostengo su polla con la mano y me la meto en la boca.

Mmm… gimió.

Ponte de rodillas, dándome la espalda.

Él se sienta detrás de mí, también arrodillado, apoyado sobre sus pantorrillas. Él mete su pene en mi vagina y comienza a empujar con su pelvis.

Empiezo a balancearme hacia adelante y hacia atrás.

Esto es una locura, pensé.

"Ay mami," gimió.

Él sigue empujando y yo también sigo moviendo mi pelvis.

"Ven y acuéstate boca arriba," dijo.

Me acosté boca arriba. Simplemente, levanta mi pierna izquierda y mete su pene en mi vagina. Cruza mi muslo sobre su cuerpo y continúa empujando.

"¿Te gusta?" él gimió.

Pone su dedo en mi clítoris mientras empuja.

"Guau, estás tan sexy," gimió.

Saca su pene. Agarra mis piernas y las levanta a ambas. Me vuelve a meter el pene.

"Ay, eres tan amable y muy dentro de mí. Que rico", gemí.

Envuelvo mis piernas alrededor de sus caderas. Determino el ritmo con mis piernas.

"Ya casi vengo," dijo.

"Espera, yo primero," dije. Empezó a empujar más fuerte, así que vine.

Sacó su pene de mi vagina. Me senté. Se paró en la cama y metió su pene en mi boca.

"Guau, qué linda boca tienes" gimió y metió su pene más profundamente en mi boca. Mientras tanto, masajeo su escroto con mis manos. Rítmicamente, comienza a follarme la boca. Dentro y fuera. Dentro y fuera.

"Mmm..." gemí.

"Quiero meterme entre tus pechos," dijo.

Me acuesto en la cama con la cabeza colgando sobre los pies de la cama. Se sienta encima de mí y empuja su pene entre mis grandes y suaves pechos. Presiono mis senos contra su pene con ambas manos. Se mueve de un lado al otro. Cada vez que su pene se acerca a mi boca, le doy una lamida a su glande. Mueve su pene más rápido entre mis pechos.

"Vengo," gimió. Me roció mis pechos. Mete su pene en mi boca y succiono la última gota.
"Por cierto, mi nombre es Carlos," dijo jadeando.
Saca su pene de mi boca y cae contento sobre la cama.
"Isabella," dije riendo.

"En la primera posición de Lazy Doggy también puedes poner almohadas debajo de tus rodillas si quieres probarlo en el suelo," le dije a Isabella.
"La segunda posición se llama Twisted Kneeling Scissors," digo.
"No tengo idea de cómo se llama, pero me encantó," dijo Isabella.
"Hiciste un gran trabajo en la tercera posición. En Wrapped Missionary tenias el control," dije riendo.
"Pensó que tenía poder sobre mí todo el día," dijo Isabella, riendo.

"Y luego," le pregunté a Isabella.

¡Continuará en la parte 2!

Historia 10

Después de la ruptura de una mala relación, finalmente decidí hacer algo loco en mi vida.

Me fui de viaje a Sudamérica. Todos me llamaban loco, pero lo hice de todos modos.

Sería peligroso por mi cuenta, pero se vive solo una vez.

Fui a Chapada Diamantha en Brasil. No tenía ganas de ir con un grupo grande, así que contraté un guía privado.

El clima era hermoso. El sol brilla maravillosamente sobre mis brazos desnudos. Hacía tanto calor que quería caminar desnudo. Pero eso no es posible porque no sabes con quién te encontrarás.

"Hola, soy João," dijo.

"Hola, Sophie, qué bien."

"¿Empezamos nuestro viaje ahora mismo? "Hay mucho que experenciar."

Caminamos por el parque durante horas. La naturaleza es tan hermosa allí. Inmediatamente sientes la paz. La naturaleza es el único lugar donde puedes encontrar esa paz.

¡Finalmente! Hemos llegado a la meta, la montaña Morro do Pai Inácio. ¡Qué vista tan hermosa! Es extraño que esto exista. No solo la vista es hermosa, sino que el guía también es una joya. Es un hombre musculoso, brazos anchos, piernas robustas y un culo bien formado.

Tengo ganas de apretarle el culo.

"Qué hermosa vista," dije.

"Sí, como tú," dijo y me guiñó un ojo.

¿Qué escuché? pensé.

"¿Seguimos caminando?" él dijo.

Noté que estoy empezando a mojarme. No mojado por la lluvia, no.

Su comentario me hizo mojar.

Llegamos a un pequeño lago.

"Es azul, brillante, muy bonito."

"Puedes saltar si quieres," dijo.

Sin dudarlo, me quité la ropa y salté desnudo al lago.

"¿Qué estás haciendo?" "Mucha gente viene aquí," dijo.

"Pero ahora no hay gente," respondí.

Miró a su alrededor para asegurarse de que no hubiera gente alrededor.

"Está bien, iré a salvarte," dijo.

"¿Para rescatar?" dije riendo.

Él también se quitó la ropa y saltó al agua.

Mi corazón comienza a latir más rápido cuando él comienza a nadar cerca de mí. Intenté alejarme nadando, pero él me agarró la pierna y me atrajo hacia él.

"¿Adónde vas? Vine a salvarte, ¿verdad? " él dijo.

Nos miramos un rato. Sin decir nada.

Cerré mis ojos. Y no, no es un sueño. Sentí su boca sobre mi boca. Sentí algo grande contra mis piernas. Y no, no es un pez. Abrí la boca para que su lengua pudiera jugar con la mía.

Me dio la vuelta y se paró detrás de mí. Sentí su pene contra mi trasero.

"Bien, eh."

"Sí, hermosa," dije. Pero no tengo idea de lo que quiere decir.

Me da un beso en el cuello. Pone su mano izquierda sobre mi pecho derecho. Con su mano derecha masajea mi clítoris.

Gimo de placer.

"¿Puedes sentirlo contra tu trasero?" preguntó.

"Uhhhh," gemí.

Se mueve hacia adelante y hacia atrás entre mi hendidina glútea.

"No puedo más, te voy a follar."

Me dio la vuelta y empujó su pene profundamente dentro de mí de una sola vez.

"Oh, que gostos."

El agua se mueve con cada golpe.

Arriba y abajo, arriba y abajo.

"Oh, que gostos," le respondí.

Me recliné hacia atrás en una posición de inmersión para que él pudiera profundizar más. Me rodea con sus brazos.

Oímos pasos.

Rápidamente, dejamos de follar y salimos corriendo del lago.

"Vamos, rápido. Rápido. No quiero perder mi trabajo," dijo.

Rápidamente, tomamos nuestra ropa y nos refugiamos detrás de una gran roca.

Nos vestimos rápidamente antes de que la gente llegara al lago.

Una vez vestidos, caminamos en secreto.

"¿Estás bien?" preguntó.

"Sí, estoy bien. Pero es una lástima que no podamos ir más lejos," dije.

"Conozco un lugar donde es más tranquilo."

Llegamos a un lugar bastante arbolado.

"Guau, es tan hermoso aquí. Todos esos diferentes tipos de plantas y árboles."

"Sí, es un buen sitio para continuar donde lo dejamos," dice.

Me agarra del cuello y me da un beso apasionado.

Esta fue una buena oportunidad para mí de apretarle el trasero.

Pongo mis manos en sus nalgas y las aprieto con fuerza.

"Mmm" gimió.

Lo presiono contra mi cuerpo. Siento que ha vuelto a tener una erección. Me doy vuelta rápidamente. Me abro los pantalones y me bajo las bragas y los pantalones hasta las rodillas. Y me agache.

"Fóllame, fóllame. ¡Ahora!" yo dije.

También se baja los pantalones y el bóxer y vuelve a meter su pene en mi vagina.

Ambos gemimos de placer con cada embestida. Cada entrada y salida. Hasta su último empujón.

"Que gostooossoo," así que vinimos al mismo tiempo.

Se arrodilló con la cara frente a mi trasero. Agarra mis nalgas con su mano y las separa.

"Mmmm"… gemí.

Sentí su lengua en mi culo. Me lame el culo.

¿Qué es esto? pensé.

Me lame el culo más rápido. Se mueve muy rápido.

"Ohh, qué talento. Ohh, qué lindo."

Yo vine.

Espera, ¿vengo de su lengua en mi culo? me preguntaba.

Me quedé asombrado.

Se levantó y me dio un beso en la boca.

En secreto pensé que estaba sucio pero también cachondo.

"Eso se llama Anilingus. Eso significa que estimulas el ano con la lengua," le digo a Sophie.

"Ana… ¿Qué?"

"Anilingus es una palabra latina para beso negro," digo.

"Y la primera vez que tuviste sexo con él. ¿Sabes cómo se llama esa posición?" yo pregunté.

"No".

"Se llama Dipping Dancer. Proporciona un mejor ángulo para la penetración."

"¿Sigues en contacto con él? ¿Se encontraron después de esa gira?" yo pregunté.

¿También tienes curiosidad? ¡Espera la parte 2!

Historia 11

"Su sueño es mi peor pesadilla."
Fantaseaba con eso. Lo deseaba tanto. Como buena esposa, lo seguí.

Todos los miércoles los niños van a quedarse con su abuela. Esperamos este día todas las semanas para finalmente tener intimidad.
"Hola cariño, estoy de camino a casa. "Lo espero con ansias esta noche," había dicho.
Fui al dormitorio y agarré una caja negra que estaba sobre la cómoda. Dejo la caja sobre la cama y la abro. En la caja tenemos todo, esposas, látigo, consoladores y lubricante. Es nuestra caja sexual.
¿Qué deberíamos intentar hoy? pensé.
Mis ojos se posan en el strapon.
"Mmm... probemos esto," dije sonriendo.
Inmediatamente, sentí que estaba empezando a emocionarme.
Saco él consolador con correa de la caja y me lo pongo. Me paré frente al espejo y le tomé una foto con mi teléfono.
Me quito la ropa y dejo solo el sostén y las bragas.
Me puse el strapon.
Me paro de nuevo frente al espejo.
"Eso se ve mejor. Y caliente."
Sostengo el pene y lo acaricio.
"Hoy voy a malcriar a Eric."
Me sentí cachonda y también me sentí poderosa. Es maravilloso que hoy esté a cargo.
Aflojo un poco la correa para poder alcanzar fácilmente mis calzoncillos. Puse mi mano en mis bragas. Llego a mi clítoris con mis dedos. Empiezo a masturbarme con el consolador con correa puesto.

"Mmm… qué cachonda me pone la idea de follarme a Eric hoy."
¡Qué cachonda me pone el poder… mmmm!"
Pasé mis dedos por mi clítoris más rápido hasta que vine.
Escuché cerrarse la puerta principal de la casa.
Saco un antifaz de la caja y rápidamente lo devuelvo al armario.
Dejé el antifaz sobre la cama.
"Nadia, estoy en casa," grita Eric.
"Estoy en el dormitorio. Date una ducha de inmediato y espérame en el dormitorio. "Acuéstate desnudo en la cama," le dije.
Eric inmediatamente camina hacia el baño.
"Cuando termines, acuéstate en la cama y ponte el antifaz," le dije.
"Aay, … Qué emocionante. ¿Qué estás planeando?" preguntó.
"Lo descubrirás pronto."
Eric hizo exactamente lo que le dije. Se tumbó desnudo en la cama y se puso la máscara para los ojos.
"Estoy en la cama," gritó.
Camino hasta nuestra habitación y pongo música emocionante.
Coloco el strapon junto a él en la cama y me siento frente a su boca.
"Abre la boca. Saca la lengua."
Presioné mi coño contra sus labios.
"Lámeme."
Separo mis labios vaginales con las manos para que pueda lamer mi clítoris correctamente.
Comencé a mover mi cuerpo hacia adelante y hacia atrás mientras él me lamía.
"Mmmm" gemí.
"Ve más rápido con tu lengua."
Comenzó a mover su lengua más rápido.
"Me estoy acabando. Yo, yo…"

Le rocié la cara por toda la cara.

Me puse de pie.

"Ahora te voy a mostrar quién manda." Le dije a él.

"Levanta un poco las rodillas."

Inserto suavemente un dedo en su ano y me acerco hacia su ombligo.

Saco nuevamente mi dedo de su ano. Puse un poco de lubricante en mi dedo y luego se lo volví a meter en el ano. Suavemente, acerco mi dedo más profundamente. Sentí un pequeño bulto.

"¿Sabes lo que siento?" le dije.

"No."

"Siento tu próstata."

Comencé a masajear suavemente su próstata con mi dedo.

"¿Te gusta esto?" le pregunté.

"Sí, bien rico. Sigue adelante," dijo.

Continué masajeando suavemente. Su pene comenzó a endurecerse cada vez más.

Mientras mi dedo está en su culo, tomo su pene en mi boca.

Empiezo a chuparle el pene.

"Mmm..." gimió.

"¿Qué me estás haciendo, cariño?"

"Ya casi vengo," dijo.

Rápidamente quito su pene de mi boca y también quito mi dedo de su ano.

"No tan rápido. Yo decido cuándo sucederá," dije.

"Ponte sobre manos y rodillas," le dije.

Me puse el cinturón.

Empujo su cabeza y sus hombros contra la cama.

"Levanta un poco el trasero."

Tomo un poco de lubricante y lo esparzo entre sus nalgas. Le meto un dedo en el culo. Muevo mi dedo hacia adelante y hacia atrás. Le saco el dedo del culo. Le pongo lubricante en dos dedos y los empujo dentro de su trasero. Muevo mis dedos hacia adelante y hacia atrás otra vez.

"¿Crees que eso es sexy?" Yo pregunté.

"No se siente mal" dijo.

Le saco los dedos del culo. Le puse lubricante en cuatro dedos y le metí los cuatro en el culo.

"Aaa, no tan rápido."

"¿Duele?" Le pregunté.

"Un poco, solo necesito acostumbrarme."

No me moví durante dos segundos.

"Creo que mis dedos ya te han estropeado bastante el culo."

Saco mis dedos de su culo.

Le puse lubricante al strapon.

Solamente necesito frotarlo muy bien, pensé.

"Acércate al borde de la cama," le dije.

Luego me paré detrás de él y empujé un poco la punta.

"Vaya, ¿qué es eso?" preguntó.

"Lo descubrirás pronto."

Ahora le inserto el strapon. Me quedo quieto. No me estoy moviendo.

"Cuidado, nena," dijo.

"Hoy soy el jefe. Eso lo decido yo," dije con severidad.

Esta vez puse el strapon más profundo.

Vaya, me lo estoy follando.

"Pon tus manos detrás de tu espalda," le dije.

Agarro sus manos y muevo mis caderas más rápido.

"¿Cómo te sientes? ¿Vas a ser amable conmigo?"

"Sí, cariño". "Voy a ser amable contigo," dijo.

"¿Sí?" "Después de 4 embestidas puedes venir."

"¿Puedes hacer eso?" le pregunté.

"Sí, amor lo voy a hacer por ti."

"¿Puedo?"

"Sí, venga, venga."
Empezó a masturbarse. Después de cuatro segundos, vino.

"Le diste un buen masaje de próstata" le dije a Nadia.
"¿Masaje de próstata?" —preguntó Nadia.
"Sí, se puede llegar a la glándula, por ejemplo, metiendo un dedo en el trasero. Al masajear la próstata, se evita la acumulación de bacterias. Los hombres también pueden experimentar un orgasmo más intenso que un orgasmo normal."
"Me di cuenta de eso, ¡Sí!" dijo Nadia.
"¿Pero por qué dices que es tu peor pesadilla?" Le pregunté a Nadia.

Diamantha a los lectores: ¿Ustedes también tienen curiosidad? ¡Continuará en el parte 2!

Historia 12

Mi marido y yo somos abogados. Tú puedes entender. Ocupado, ocupado, ocupado y especialmente con un niño pequeño.

A veces tengo días en los que tengo ganas de no hacer nada. Sin marido, sin hijos, sin trabajo. Nada de nada.

Tengo prisa todos los días.

Hoy tengo que ir a una audiencia al otro lado del país con un cliente. He decidido quedarme en un hotel. Para los dos era imposible viajar seis horas de ida y vuelta.

Desde el día 1 sentí una tensión especial entre nosotros. Me mojo con solo mirarlo.

Desde que di a luz me siento diferente. Mi marido ya no me excita como antes. Dicen que un niño sería bueno para vuestra relación, pero ese no es mi caso.

Mi coño se siente diferente después de dar a luz. No sé lo que es. No puedo explicarlo.

Lo que sí sé es que este cliente, Sebastián, hace que mi corazón vuelva a latir.

Se siente bien olvidar por un momento mis responsabilidades en casa. Yo lo llamo escapar de la prisión domiciliaria.

"Hola, soy Sebastián."

"Oye, ¿dónde estás? He estado esperando en el bar por un tiempo."

"Estoy en camino. Todavía llegamos treinta minutos tarde."

"Está bien, caminaré hasta la habitación. Es la número 306. Todo está lleno, así que tenemos que compartir habitación. Tenemos dos camas separadas," le dije a Sebastián.

"Está bien, no hay problema. Espero no despertarte con mis ronquidos," dijo.

Puedes despertarme para otra cosa, pensé con excitación.

"No, espero que no sea tan malo. "Te veré más tarde," dije y colgué.

Entro al ascensor y presiono tres.

Una vez en la habitación me quito la ropa y me doy un baño tibio. Puse algo de música relajante.

Después de un rato escucho que alguien llama a la puerta. Salgo rápidamente del baño y me pongo una bata que estaba en el armario.

Yo abro la puerta. Sí, ahí está.

Sebastián entra y cierra la puerta detrás de él.

"Lo siento, llegué tarde," dijo.

"No puedes evitarlo."

"Estaba tomando un buen baño."

"Creo que también me daré un buen baño."

"Voy a vestirme ahora para que puedas entrar."

"También podemos entrar juntos," dijo riendo.

"No, eso no está permitido. Eso no es profesional," dije.

Saco mi pijama del bolso y luego mi vibrador se cayó del bolso.

Lo miré avergonzado. Me guiñó un ojo.

Rápidamente, pongo el vibrador en la maleta y camino al baño con mi pijama.

Me visto y abro la puerta de nuevo.

"Ya terminé, ya puedes darte un baño," le dije.

"Sé que esto es muy poco profesional. Pero..."

Me agarra y me empuja contra la pared y me da un beso.

"¿Puedo ayudarte con algo? Puedo ayudarte con tu vibrador."

"¿Y cómo me va a ayudar el señor?" dije riendo.

Agarra mi garganta y empuja su lengua dentro de mi boca.

Empezamos a jugar un juego con las lenguas.

Empecé a gemir de placer.

Él para.

"¿Puedo continuar?" preguntó mientras pasaba su mano por mi cuerpo.

Desliza su mano sobre mis nalgas y las aprieta con fuerza.

Gruñí.

Luego desliza sus manos hacia los senos. Después desliza sus manos entre mis piernas. Tira mis bragas hacia un lado para poder alcanzar mi clítoris.

Mmmm… gemí.

Me besa apasionadamente otra vez.

¿Qué estoy haciendo? pensé.

Lo aparté.

"Esto no es posible. No puedo hacer cosas eróticas o sexuales con un cliente. Esto me costará mi carrera. Y no solamente mi carrera, sino también mi familia. Amo a mi marido."

Se baja los pantalones. Vi algo que nunca había visto antes en mi vida.

No hay que generalizar, pero sería verdad lo que dicen de los hombres negros, pensé.

"¿Estás seguro de que no lo quieres?" Preguntó mirando su mega pene duro.

Eso es mejor que mi vibrador, pensé.

Se acerca a mi oído.

"Puedo darte horas de placer," me susurró al oído.

Sentí mis mejillas ponerse rojas.

Sentí que mi coño se mojaba. Pero no puedo decirle eso. No puedo hacerle saber que lo quiero más después de ver su mega pene.

Agarra mi mano y la guía hacia su mega pene.

"Sé que lo quieres."

Agarro su pene y lo aprieto.

"Ay, cuidado con eso."

"Es mejor que un vibrador, ¿crees?"

"Estoy seguro de que, sí."

Nos miramos un momento sin decir nada.

¿Te arriesgarás Emma? me pregunté.

Sentí una sensación intensa invadirme. Este sentimiento es
nuevo para mí.
Lo empujo hacia la cama.
"Siéntate con las manos dobladas hacia atrás," le dije.
Me senté sobre él.
"Abre las piernas y dóblalas un poco," le dije.
Puse su pene en mi vagina y me recosté en posición de cangrejo.
Comencé a mover mis caderas rápidamente.
"Ay… esto es tan bueno," gemí.
Sebastián también gimió de placer.
Me levanté y lo empujé hacia atrás.
"Acuéstate," le dije.
Me arrodillo frente a él y le lamo la polla.
Él gime.
Puse su pene en mi boca, pero no cabe del todo en mi boca. Es
así de grande y grueso.
Le chupo la polla fuerte.
"Mmmm…" gimió.
Siento que mi coño se moja más.
"Espera, toma tu vibrador y juega contigo mismo mientras me
chupas," dice.
Hice exactamente lo que me pidió.
"Para," dijo.
Me detuve y él se levantó.
"Vamos, siéntate en esa silla."
Me senté en la silla y él se inclinó frente a mí. Me agarra las
piernas. Cada mano sostiene una pierna.
Entonces mírame. En una silla con las piernas lo más abiertas
posible. Y estoy siendo penetrado profundamente por el mega
pene de un cliente, pensé.
Ay, no podría ser más sexy y travieso.
Él profundiza mucho con su pene en mí.

"Oooh, buen grande. Métemela, dame duro," grité.

Él va más y más profundo. Va cada vez más rápido.

Siento un orgasmo. Me sentí temblar.

"Vamos, nena". "Vamos," gimió.

"Vengo." Siento que mis músculos contraen.

Rápidamente, saca su pene de mi vagina y rocía mi estómago con su semen.

"La primera posición se llama Crabby Cradle, con esta posición puedes alcanzar fácilmente tu punto G," le digo a Emma.

"La segunda se llama Split Butterfly, es una buena posición para la estimulación del clítoris,"

"¿Pero valió la pena correr un gran riesgo?" Le pregunté a Emma.

Diamantha a los lectores: ¡continuará!

Historia 13

Después de un largo divorcio, acordamos la custodia de los niños. Una semana los niños están conmigo. La otra semana los niños están con su padre.

Esta semana es la semana "Me-Time." Bonita semana para mí.

Me senté en el sofá, aburrida. La mayoría de las personas que conozco todavía están casadas y ocupadas con sus familias.

¿Qué voy a hacer? pensé.

Un amigo mío me había aconsejado que volviera a tener citas.

Para ser honesto, no tenía muchas ganas de eso. Pero extraño el sexo de vez en cuando.

Después de pensarlo mucho, decidí descargar una aplicación de citas.

Lo encuentro más fácil porque tienes más opciones.

Solo pongo fotos aburridas y normales en el perfil por diversión.

No puse fotos de los niños. Creo que como padre debes proteger a tus hijos. Y no es asunto de nadie su apariencia.

Ahí estoy. En el sofá mirando perfiles.

Veo muchos perfiles que están lejos.

Oye, por fin, alguien que no está tan avanzado. Tengo un partido con Hugo.

"Hola, cariño," escribió.

Tienes una bonita apariencia. Me gustaría conocerte. ¿Te gustaría venir a tomar un café a mi casa alguna vez? Él escribió.

¿Qué debería pensar ahora?, pensé. Él se ve bien.

Siento que mi coño empieza a mojarse ante la idea de que Hugo me folle después del café.

¿Debería decir que sí? dudé.

Me levanto y camino hacia la cocina. Agarro una copa de vino y la lleno con el vino que ya estaba en la mesa de fregar.

Camino de regreso al sofá con la copa de vino en la mano.

Tomo un trago. Dejo la copa de vino en la mesa y levanto mi

teléfono nuevamente. Me dejo caer de nuevo en el sofá.

Allí me quedé. Frente a la puerta de Hugo. Sí, dije que sí. ¿Debo
tocar el timbre o no?
Dicen que se vive una vez, así que presioné el botón.
Ahí estaba, Hugo. Exactamente como en su perfil.
"Hola, pasa," dijo.
Camino hacia adentro. Cierra la puerta detrás de mí.
"Pensé que tal vez te gustaría hacer algo diferente. No te dije
todo," dijo.
De repente un hombre camina hacia mí.
¿Qué diablos es eso?, pensé.
"Este es mi novio Samuel."
Espera, ¿qué? pensé.
"Hola simpática."
"Hola, Olivia, qué bien," dije sorprendida.
"Somos una pareja bisexual," continúa.
¿Qué estoy haciendo aquí? ¿Debería irme ahora? pensé.
Continúo hacia la sala de estar.
"Nos gusta tenerte aquí," dice Hugo.
"Podrías haber sido abierto y honesto conmigo," le dije.
"Mucha gente está un poco sorprendida por nosotros. He sido
honesto con una mujer antes. Al principio ella estuvo de
acuerdo, pero al final no apareció."
"¿Quieres algo de beber?" dijo Samuel.
"¿Tienes bebidas fuertes como Whiskey?"
"¡Por supuesto!" dijo Samuel.
No estaba vestida sexy en absoluto. Pensé que tomaríamos una
copa y luego conduciría a casa. No estoy de acuerdo con el sexo
en una primera cita.
Pero ¿qué voy a hacer en esta situación? Ya estoy dentro. Yo
también puedo huir. Pero no, me quedé en el sofá.

Samuel regresa con una botella de whisky y tres vasos de whisky.
Nos dio un vaso a los dos y fue a servir el whisky.
"Que tengas una agradable noche," dijo Hugo.
"Salud."
Los tres nos sentamos en el sofá.
Hubo silencio por un momento.
Hugo pone su mano en mi pierna izquierda. Samuel pone su mano en mi pierna derecha.
Me miraron. Al principio me sentí atrapado.
¿Debo irme ahora o debo quedarme? Yo dudé.
Hace tiempo que no hago nada interesante.
Puse mi mano en la mejilla de Hugo. Lo miré profundamente a los ojos. Le doy un beso. Luego me dirijo a Samuel. Tomo su rostro y le doy un beso.
Tomo otro sorbo de Whiskey y me levanto.
"¿Dónde está el dormitorio?" pregunté.
Tomo otro sorbo de Whiskey.
Hugo y Samuel se miraron sorprendidos.
"No tienes que hacer nada si no quieres", dijo Hugo.
Se ponen de pie. "Camina conmigo", dijo Hugo.
Sigo a Hugo.
"Este es el dormitorio."
Se trata de un amplio dormitorio pintado en rosa claro. En el medio hay una cama grande.
Caí sobre la cama.
"Vaya, se siente tan agradable y suave," dije.
Hugo y Samuel se sentaron a mi lado. Empezaron a acariciarme.
Eso es genial. Cuatro manos son mejores que dos, ja, ja, ja…
Hugo acarició mis senos mientras Samuel desaparecía sus manos en mi falda.
"Oooh, estás tan lindo y mojado," dijo Samuel.
Mete su mano en mis bragas y llega a mi clítoris. Frota mi clítoris

con su dedo. Luego mete dos dedos en mi vagina.

Hugo dame un beso.

"También quiero sentir lo mojado que estás," dijo Hugo.

Mete dos dedos en mi vagina.

"Vaya, cuatro dedos en mi vagina."

Juntaron los dedos.

"Ya vengo," dije.

Empezaron a mover los dedos más rápido.

Me vine duro.

"Puedes chorrear muy bien," dice Samuel.

"Mmmm……" Hugo gimió.

Láme mi vagina hasta dejarla limpia.

"Yo también quiero," dijo Samuel.

Hugo se hace a un lado y deja que Samuel me lama el coño.

Hugo se acerca y me da un beso. Yo también pude saborearme a mí mismo.

Hugo abre mi blusa y me la quita. Me da un beso en los pechos desnudos.

Rápidamente, se quita los pantalones. Veo que sale un pene muy grande.

"Vaya, qué grande tienes," le dije a Hugo.

Me chupa los pezones. Se levanta y empuja su dura polla dentro de mi boca mientras Samuel lame mi vagina mojada.

"Estás cada vez más mojado," dice Samuel.

Se levanta y rápidamente se quita los pantalones.

Antes de darme cuenta, había puesto su pene en mi vagina.

"Estás tan agradable y mojado. "Esto se siente tan bien," dijo Samuel.

Samuel entra y sale fuerte de mi vagina con su pene.

Chupo fuerte el pene de Hugo.

Los tres gemimos.

¿Quién hubiera pensado que a los tres nos gustaría esto?

Samuel saca su pene de mi vagina.

"Levántate," dijo.

Fui a levantarme. Él se acuesta en la cama.

"Ven a enfrentarme para que pueda lamerte el coño," dijo.

"¿69, quieres decir?" le pregunté.

"Sí, quiero que me hagas una buena mamada," dijo.

Me acosté como me pidió.

Hugo se paró detrás de mí y empujó su gran polla profundamente en mi culo.

"Ay, guau," grité.

"Tómatelo con calma, Hugo," dijo Samuel.

"¿Estás bien?" preguntó.

"Sí, me asustaste". Pero ahora estoy bien."

Comienza a moverse suavemente hacia adelante y hacia atrás mientras Samuel me lame el coño.

Saca su pene de mi culo y deja que Samuel le chupe el pene.

"Mmmm, tu culo sabe delicioso, Olivia," dijo Samuel.

Hugo mete su pene en mi vagina y empieza a follarme fuerte.

"Ooooooooooooooooh," dijo Hugo.

"Ya vengo," dije.

"Yo también," dijo Hugo.

Hugo vino dentro de mí. Me saca el pene. Samuel y Hugo cambiaron.

Hugo se acostó en la cama y lamió su propio semen.

Samuel se paró detrás de mí y se metió profundamente en mi vagina.

Samuel comienza a empujarme con fuerza mientras yo chupaba a Hugo.

Poco después, Samuel viene dentro de mi.

"Ooooh, qué lindo coño tienes, nena," dijo Samuel.

Deja salir su pene de mi vagina.

Hugo y yo comenzamos a lamer su pene hasta dejarlo limpio.

"Qué experiencia tan cachonda," dije.
"Sí, pero ahora tengo un problema," le dijo Olivia a mi.

Diamantha a los lectores: ¿Cuál crees que es el problema?
Esperé la parte 2.

Historia 14

Estaba de camino hacia mis padres. Llevo dos años viviendo solo.
Tengo un pequeño estudio en una residencia de estudiantes.
Muy bonito, por supuesto. Algo sucede todos los días.
Siempre disfruto ir con mis padres todos los fines de semana.
Son dos horas en tren. He estado sentado durante una hora, así
que todavía falta una hora.
Con Internet nunca será un viaje aburrido.

El tren se detiene y bajan algunas personas. Nueva gente esta
entrando otra vez. Una chica se sienta frente a mí. Tiene el pelo
corto y negro con lápiz labial negro. Estaba vestida
completamente de negro.
"Hola," dijo.
"Hola."
"¿Has estado en el tren por un tiempo?" ella preguntó.
"Sí, tengo que sentarme una hora más. Es bastante largo, pero
me estoy divirtiendo."
Ella sonríe y no dice nada más. Saca su teléfono de su chaqueta y
lo usa.
También seguí viendo mi serie.
De repente ella me miró.
"Por cierto, soy Linda," dijo.
"Tiffanny."
Ella se levanta y agarra su bolso.
"No hay ninguna estación aquí. ¿Ya vas a salir?" Yo pregunté.
"No, voy al baño," dice suavemente y me guiña un ojo.
Después de 1 minuto me levanto y voy al baño.
Llamo a la puerta. Linda abre la puerta. Ella rápidamente me
lleva adentro y rápidamente vuelve a cerrar la puerta.
Esto me parece emocionante. Nunca hago locuras como esa. Y
para nada con un extraño.

Ella me presiona contra la puerta mientras me besa. Siento que mi coño se moja lentamente.

¿Qué siento? ¿Cómo puedo mojarme? Me gustan los hombres, ¿verdad? ¿Quizás estoy mojado de curiosidad?

Mmmm... ella besa tan bien, pensé.

Nos desnudamos.

Baja la tapa del inodoro y se sienta en ella.

Me siento en su regazo y seguimos besándonos.

Nuestros pechos uno contra el otro.

Mmm... es un sentimiento tan bueno.

Dejamos de besarnos. Ella agarra mis senos y yo agarro sus senos. Nos masajeamos los pechos.

"Levántate," dice.

Me agarra las caderas con las manos y empuja mi coño contra su cara. Presiona su nariz contra mi clítoris.

"Qué carajo," dije.

Qué extraño es esto, pensé.

Pero sabroso.

Luego siento su lengua deslizarse por mi clítoris a lo largo de mi muslo.

Mmmm, esto es tan delicioso.

Mete dos dedos en mi vagina mientras chupa mi clítoris.

Gimo de placer.

Ella se detiene y se levanta.

"¿Por qué paraste? Aún no he venido," dije.

"Eso vendrá. Ahora es mi turno."

Ella me empuja hacia abajo. Ella agarra mi cabeza con sus dos manos y la empuja contra su coño.

"Lámelo. Lame mi coño mojado," dice.

Empiezo a lamerla.

"Mmmmm... tienes una linda lengua."

"Más rápido."

Muevo mi lengua arriba y abajo más rápido.

Ella se corre. Lamo su coño hasta dejarlo limpio.

"Levántate," dice ella.

Me levanto. Saca una larga cuerda negra de su bolso.

"Giro de vuelta."

Me di vuelta y me miré en el espejo.

"Mírate en el espejo mientras te ato," dice.

"¿Sabes cuál es la posición de la momia egipcia?" ella preguntó.

"No".

"Cruza las muñecas sobre los senos."

"Oh, eso es lo que quieres decir. Como la momia."

"Sí, exactamente."

Me hice las manos como la momia. Parecía bastante caliente. Ser atado desnudo en un tren por un extraño.

Creo que ella es una artista. Ella me ató. El frente parecía una telaraña.

Ella le tomó una foto con orgullo.

"¿Puedes mostrarme la foto?" le pregunté a Tiffanny.

"No".

"¿No? ¿Qué pasó entonces?" pregunté.

Ella se vistió. Ella me dio un beso. No solo eso, sino que ella pasa su lengua por mi ombligo. Ella se detiene en mi clítoris. Ella lo chupa y me mete tres dedos. Además, ella se mueve cada vez más rápido.

Mmmmm, gemí.

Ella fue cada vez más rápido hasta que yo vine.

El tren se detiene.

Ella rápidamente toma su bolso. Abre la puerta y la cierra rápidamente.

"Oye, oye, déjame, ir," grité.

Ella me dejó así. Desnuda y atada. Ella no dijo nada más.

"¿Haz presentado una denuncia?" le pregunté a Tiffanny.

Diamantha a los lectores: ¿Ustedes también tienen curiosidad? Espere la parte 2.

Historia 15

Mi novia y yo estábamos buscando un sitio donde puedas conocer hombres solteros. Cuando estábamos de vacaciones en Francia, descargamos la aplicación por curiosidad. Queríamos ver qué tipo de hombres había en el sitio. Es un aplicación solamente para gente de élite. También se comprueba si los datos de su perfil son correctos. Debes tener un buen trabajo asequible. Puedes pensar en gerentes, directores, ejecutivos y celebridades. Solo ese tipo de personas están permitidas en la aplicación.

Mi novia tiene un buen trabajo y pudo registrarse.

De vacaciones conocimos a una pareja con la que estábamos hablando y dijeron que tenían que irse porque habían conocido a alguien a través de esta aplicación. Eso también nos despertó la curiosidad. Estás tomando un riesgo porque pagas diez mil dólares al registrarte, pero si tu registro es rechazado, no recuperarás tu dinero. Creo que eso es robo, pero asi son las reglas. También estás advertido de ello desde el principio. Afortunadamente, la de mi novia fue aprobada. Todos allí son educados y respetuosos entre sí. Cuando llegamos a casa, dejamos la zona y el país igual que cuando estábamos de vacaciones. Pues Francia. Lucy se había enamorado del pueblo francés. Ella cree que podemos volver a Francia para vivir una aventura.

Nos encontramos con un empresario francés en la aplicación.

"Oye, ¿cómo estás?" "Tienes una bonita foto en tu perfil," escribe.

Lucy luego camina hacia mí y me muestra el mensaje.

"¿Le respondo?" ella preguntó.

"¿Te gusta?" yo pregunté.

"Es un hombre de negocios." Tiene mucho éxito y se ve atractivo.

"Está bien, puedes escribirlo de nuevo," dije.

"Hola, ¿cómo estás?" "Estoy aquí con mi novio en la aplicación," responde.

"Oh, pero en tu perfil no dice que sois pareja." Pero eso no importa. Es más divertido. "Sí indico que soy heterosexual," responde.

"Para nosotros eso no es un problema. "También somos una pareja heterosexual, pero cachonda," escribe.

"Ja, ja, ja, bonito y acogedor," escribe.

"¡Tú también vives en Francia, supongo!"

"No, vivimos en Florida," escribió Lucy.

"Oh Florida, qué lindo lugar."

"Estábamos de vacaciones en Francia. Me enamoré del país y de la gente. Ooo, la comida era deliciosa! Definitivamente, querremos volver allí."

"Tengo una reunión de negocios en Florida la próxima semana. ¿Le gustaría reunirnos?"

"Hola, Michael, Daniel estará en Florida la próxima semana para una reunión de negocios," gritó Lucy.

"Le gustaría conocernos. ¿Qué piensas?" ella me preguntó.

"Me parece una buena idea. "Aquí podemos mostrarle lugares agradables," le dije a Lucy.

Según lo acordado, nos reunimos con Daniel en un café.

"¿A qué hora dijiste?" yo pregunté.

"¿Sabes que hay una diferencia horaria entre Francia y aquí?" dije riendo.

"Ahí está," dice Lucy.

Lucy camina hacia él.

"¿Hola, ¿qué tal?" dijo Lucía.

"Bien. Tuve que buscar por un tiempo. Mi teléfono no funciona muy bien. Se congela cada vez. "Ya era hora de comprar un teléfono nuevo," dijo, riendo.

"Qué bueno tenerte aquí," dijo Lucy.

Caminan juntos hasta la mesa donde yo estaba sentado.

"Oye, debes ser Michael," dijo.

"Sí, por favor, siéntate," le dije.

"Tengo que decirles, ya que no tengo mucho tiempo. "Tengo que irme en quince minutos," dice Daniel.

"Oo, eso es una pena," dijo Lucy.

"Sí, me tomó mucho tiempo encontrar el lugar. No quería cancelar la cita, así que vine de todos modos, aunque fuera por quince minutos. Luego tengo otra reunión. "Siempre estoy muy ocupado," dijo.

"¿Qué quieres beber?" le dije.

"Una coca cola," dijo Lucy.

"Yo también," dijo Michael.

"Voy a hacer el pedido en el bar. "Eso siempre es más rápido," dije.

Me levanté y caminé hacia el bar. Vuelvo con tres Coca Cola en la mano.

"Aquí tienen," dije y puse los vasos sobre la mesa.

"Estoy en Florida cada tres semanas. "Estamos desarrollando un proyecto," dijo Daniel.

"¿Os habéis visto más a menudo a través de la aplicación?" — preguntó Lucía.

"No, eres el primero." Como sabes, estoy muy ocupado. Estaba en el tren y abrí la aplicación y encontré tu mensaje."

"Estoy pensando en comprar un apartamento aquí. ¿Tiene alguna buena sugerencia?" dijo.

"Hay apartamentos bonitos en nuestra zona. "Es un poco caro, pero tienes una bonita vista y también es tranquilo," dijo Lucy.

"Si necesitas ayuda para diseñar tu casa, puedo ayudarte," le dije.

"Puedo enviarle un correo electrónico con lo que está a la venta
en nuestra área," dijo Lucy.
"Sí, por favor," dijo.
"Chicos, tengo que irme ahora. No puedo llegar tarde. Estoy
encantado de conocerlos. ¿Debo pagar la cuenta?" dijo Daniel.
"No, no te preocupes. "Nos quedaremos a cenar," dijo Lucy.
"Hablamos por teléfono," dijo.
"Sí, todavía nos mantenemos en contacto," dijo Lucy.
Nos despedimos de él y se marcha.

Mientras tanto, Lucy le envió por correo electrónico algunas
opciones de venta. Había visto un bonito apartamento y quería
verlo con nosotros.
Lucy conoce al agente inmobiliario y él le confía la llave del
apartamento. Espera que Lucy pueda venderle el apartamento.
Lucy y yo caminamos por el apartamento para asegurarnos de
que todo esté limpio y ordenado.
Oímos sonar el timbre.
"¿Lo abro?" yo pregunté.
"Sí."
Camino hacia la puerta y allí estaba el parado frente a la puerta
con una botella de vino.
"Traje esto de Francia, especialmente para ustedes", dijo Daniel.
"Eso es muy lindo. Gracias" dije y tomé el vino.
"Venga."
"Oye, qué bueno verte de nuevo," dijo Lucy y le dio un beso en la
mejilla.
"Nos trajo un vino francés," dije y se lo mostré a Lucy.
"Ay, qué dulce de tu parte," dijo Lucy.
"Entonces… ¿Este es el apartamento del que estabas hablando?"
él dijo.
"Sí, déjame mostrártelo. El agente inmobiliario es amigo mío. Me

dio las llaves y me contó todo sobre el apartamento," dijo Lucy.

"Ya… ¿Entonces él no vendrá él mismo?" preguntó Daniel.

"No, hoy soy el agente inmobilario," dijo Lucy.

Caminamos por el apartamento y le mostramos a Daniel el apartamento.

"Además de una cocina grande y bonita, tenemos un dormitorio grande con una cama tamaño Queen," dijo Lucy y entramos al dormitorio.

Lucy se sienta en el borde de la cama.

"Se siente bien. ¿Vienen a probar la cama también?" nos preguntó a mí y a Daniel.

Daniel se sentó a su izquierda y yo a su derecha.

Lucy se vuelve hacia Daniel y lo besa en la boca.

Yo estaba en completo shock. No habíamos discutido esto.

Ella se da vuelta y me da un beso en la boca también.

Pone su mano izquierda en la pierna de Daniel y su mano derecha en la mía.

"¿Qué te parece la cama Queen Size?" ella preguntó.

"Se siente bien," dijo Daniel.

Lucy mira a Daniel y le da un beso francés.

Yo estaba en completo shock. Todavía no sabía lo que vi.

¿Qué debo decir? pensé.

¿Qué debería pensar sobre esto?

Lucy me mira y me da un beso francés.

"¿Qué piensas, cariño?" preguntó.

"Yo e… yo…," tartamudeé.

"¿También te gusta?" preguntó, mirándome profundamente a los ojos.

"Sí, lindo," dije tímidamente.

Lucy vuelve a caer sobre la cama.

Daniel comienza a acariciar sus senos. Los miré.

¿Qué debo hacer? pensé.

Pongo mi mano en sus piernas y empiezo a acariciarla. Está
mimada por ambos lados. Doble placer.
Se levanta, se quita el vestido y el sujetador y vuelve a la cama.
Daniel y yo íbamos a hacer lo mismo.
Allí estábamos, los tres sentados uno al lado del otro en la cama.
Hemos cambiado de lugar. Empecé a acariciar sus pechos y
Daniel empezó a jugar con su clítoris.
"¿Qué mujer tan agradable tienes?" Sabe bien," dijo Daniel.
"¿Escuchaste eso? "Tengo suerte de tenerte" le dije y le di un
beso francés.
Daniel la agarra de los pies y comienza a follarla en posición de
misionero. En ese momento sentí que mi pene se endurecía. Me
paré detrás de Daniel.
"¿Me uno a ustedes?" pregunté.
Daniel se puso en cuclillas con las piernas de Lucy en la mano y
el pene en la vagina.
Así puedo alcanzarlo mejor, pensé y le metí el pene en el culo.
"Aaayyy" Lucy gimió mientras se frotaba el clítoris.

*"¿Ves a tu novia follándose a otra persona y todo lo que sientes
es amor por ella?" le pregunté a Michael.*
"Sí, no tenemos celos," dice Michael.
*"Bonito, Doble Misionario, pero ¿puedes entender que no todos
pueden entender eso?" pregunté.*
Luego se hizo el silencio. Michael estaba pensando.

¡Continuará en la parte 2!

Historia 16

Habíamos reservado un hotel en Nueva York. Tuvimos que ahorrar durante mucho tiempo para hacer realidad este sueño. ¿Cuál es mi sueño? Lo descubrirás pronto.

Tuve que convencer a mi marido y créanme, no fue fácil. ¿Quién estaría de acuerdo con algo así? Afectaría sus normas y valores. Un día llegó a casa después del trabajo.

"Vamos a hacer las maletas. Nos vamos a Nueva York a pasar un fin de semana. "Traete ropa sexy y lencería bonita", dijo.

"Vincent, ¿qué vamos a hacer allí?" le pregunté.

"Eso es una sorpresa," dice riendo.

Revisa su teléfono muy a menudo. Se está comportando de manera muy extraña.

¿Qué está haciendo? pensé.

"Ponte tu ropa sexy. Primero iremos al hotel. Dejaremos nuestras maletas y nos iremos directamente a un café cercano," dijo.

Primero metimos las maletas en la habitación y nos dirigimos directamente a la cafetería.

Fue muy agradable en la cafetería. Había gente sentada en la barra tomando bebidas y charlando. También había gente bailando con sus bebidas en la mano.

Está constantemente revisando su teléfono y mirando a su alrededor.

"Has estado constantemente hablando por teléfono durante los últimos días. No estoy acostumbrado a eso. ¿Qué está pasando? —le pregunté.

Sigue mirando a su alrededor sin decir nada.

"¿Estás buscando a alguien? ¿A quién estás buscando?" le pregunté.

"Ah, ahí está," dijo. Me toma la mano y camina hacia un hombre alto y moreno.

Mmmm… ¿Es tan sexy?, pensé.

"Eva, Emiliano." Emiliano, Eva," dijo.

Nos damos la mano.

"Esta es la persona que hará realidad tu sueño," dijo.

"¿Mi sueño?" pregunté sorprendida.

"¿Vamos a tomar algo?" preguntó Emiliano.

"Sí, dame Bacardi Cola," dijo Vincent.

"Para mí también," dije.

"Tres Bacardi Cola," le dijo Emiliano al camarero.

No me vas a decir que es un gigoló, pensé.

No, eso no es posible.

"¿Vincent me dijo que ustedes dos han estado casados durante años?" él dijo.

"Sí, estamos felizmente casados," dije.

"Ella seguía insistiendo en que quería probar otras cosas fuera de nuestra relación," dijo Vincent.

"Tuve que pensar en ello durante mucho tiempo. Quiero decir… no queréis perderos el uno al otro."

Me mira y me besa en la boca.

"Veo que el amor sigue ahí," dice Emiliano.

Los tres fuimos a bailar.

Vincent mira su teléfono.

"Oye, pronto lloverá mucho," dice Vincent.

Los tres caminamos hasta el hotel.

"Vincent dijo que has estado bajo mucho estrés estos últimos días. "Puedo ayudarte con eso," dice Emiliano.

"Quítate la ropa y acuéstate boca abajo."

Me quito la ropa y me acuesto en la cama en lencería.

Vincent saca velas aromáticas de su maleta y las enciende.

Emiliano se quita la ropa, dejándose solo los calzoncillos.
Vincent saca aceite de masaje de su maleta.
"Hoy estarás completamente mimada, cariño," dice Vincent.
Le da el aceite de masaje a Emiliano.
Vincent baja las luces y se sienta en una silla.
Emiliano deja caer unas gotas en mi espalda.

"Voy a empezar por tus hombros. "Si aprieto demasiado, tienes
que decirlo," dice Emiliano.
"Está bien," dije y cerré los ojos.
Siento sus manos musculosas apretando mis hombros tensos.
Apretó los músculos de la parte superior de mi espalda y
también el tejido de los músculos de mi espalda baja.
Presiona mis músculos con los pulgares de cada mano. Mueve
sus pulgares en pequeños círculos.
"Mmmm…" gemí.
Amasa los músculos de mi cuello con sus pulgares. Aprieta los
músculos que bajan hasta la columna con la palma de la mano.
Se mueve a lo largo de la parte posterior de mi cuello con
movimientos circulares.
Pone un poco de aceite en su mano. Vuelve a bajar con las
manos. Ahora es el turno de mis muslos.
Me mojé los labios. Me muerdo el labio.
"Puedes mover tu mano más hacia el centro," dije con
excitación.
Mueve sus manos más hacia el centro, hacia mi tanga. Me quita
la tanga y comienza a masajear mi vagina.
"Mmmmm…" gemí.
"Qué mujer tan agradable y cachonda eres," me susurró
Emiliano al oído.
"¿Te estás divirtiendo, bebé?" Vincent preguntó mientras nos
mira.
"Eh.." gemí.

"Date la vuelta," dijo Emiliano.

Vuelve a poner aceite en su mano y comienza a masajearme los pies. Pasa sus manos por mis piernas hasta mi vagina. Pone sus pulgares sobre mi clítoris y hace pequeños círculos.

Inserta con cuidado un dedo en mi vagina. Luego agrega dos dedos más y comienza a hacer un movimiento circular con los dedos. Nunca antes había experimentado esto.

Siento que un orgasmo llega rápidamente y empiezo a temblar.

"¿Vienes, bebé?" Añade Vincent mientras juega consigo mismo.

"Sí, amor," le dije.

"Ven por mí, bebé," dijo Vincent.

Emiliano mueve sus dedos cada vez más rápido.

Yo vine. Emiliano me da un beso apasionado.

"Lo hiciste muy bien", dijo Emiliano.

Se levanta, se quita los calzoncillos y se sujeta el pene.

"¿Estás listo para esto?", preguntó mientras comenzaba a mover su pene hacia adelante y hacia atrás.

Se sienta frente a mí y me agarra las piernas. Pone mi pierna izquierda sobre su hombro izquierdo y mi pierna derecha sobre su hombro derecho. Mis piernas cuelgan sobre su hombro. Él entra dentro de mí. Entra y sale fuerte de mi vagina con su pene. Levanta mi pelvis para poder llenar cada centímetro de mi vagina.

Tengo el mejor marido del mundo, pensé.

Esta es la mejor sorpresa de mi vida, pensé mientras me metía su pene.

"¿Estás bien, nena? ¿Ser follada por otra polla?" Vincent preguntó con voz cachonda.

"Ohm…" gemí.

"Ya vengo de nuevo, bebé," dije.

"Vamos, mujer hermosa," dijo Emiliano.

Vine por segunda vez.

Saca su pene de mi vagina.

"Levantaté."

Me levanté y él se acostó boca arriba.

"Ven y acuéstate de espaldas a mí," dijo.

Me tumbé encima de él y puse mi cara contra la suya. Mete su pene en mi vagina y me abre de piernas. Él sostiene mis piernas con sus manos. Levanta las piernas y comienza a empujar desde las caderas.

"Juega contigo mismo," me susurró al oído.

No dejaré que me lo digan dos veces.

Vincent se paró frente a nosotros para poder ver mejor. Ve como Emiliano mueve sup ene dentro y fuero mi vagina.

"Disfruta, bebe. Ay, estás tan empapada, cariño", dijo mientras se masturba.

"Ya vengo," gemí.

Vine por tercera vez.

"Voy a correrme muy dentro de ti. Levántate y acuéstate boca arriba," dijo Emiliano.

Me levanté y él también. Me acosté en su lugar.

"Levanta las piernas y mantén la pelvis en alto con las manos.

"Lo intentaré," dije.

"Vamos, te voy a ayudar," dijo Vincent.

Se paró frente a mi cabeza y mantuvo mis piernas en alto para que mis caderas se mantuvieran altas. Emiliano se inclina de espaldas a mí e inserta su pene profundamente en mi vagina. Comienza a empujar con fuerza mientras Vincent sostenía mis piernas. Después de algunos minutos, Emiliano se vino muy dentro de mí.

"Oh… eso estuvo tan rico," dijo Emiliano. Se levanta de la cama y camina hacia el baño.

Vincent dejó caer mis piernas sobre la cama.

"Ven, te dejaré venir también," le dije a Vincent.

Meto su pene en mi boca y empiezo a chuparlo con fuerza.

"Ooo, eres una mujer cachonda y traviesa." Ooo… lo haces tan bien," gimió Vincent.

Saca su pene de mi boca y me chorrea por toda la cara.

Me da un beso francés y me lame la cara para limpiarla.

"Gracias por la sorpresa", le dije y le di un beso.

"De nada. Lo pagaré con tu tarjeta de crédito," dice riendo.

"Mmm… maravillosa Folded Guard" "Ese es el nombre de la primera posición," le digo a Eva.

"Agradable y completamente abierta, así es la posición Split Sinner," digo.

"Squatting Pile Driver 180 es la tercera posición. También puedes probarlo con penetración anal."

"Ha, ha, ha… se atreve," dice Eva.

"¿Qué quieres decir?" le pregunté.

¡La segunda parte continuará!

Historia 17

Durante el día soy masajista deportiva. Pero por la noche doy masajes tantra.

Un cliente mío tenía curiosidad por el tantra. Durante el día venía a mí para un masaje deportivo y por la noche venía a mí para un masaje tantra.

"Ponte ropa bonita y flexible. Te veré esta noche," le dije a Eugene.

Son las siete en punto. Ella siempre llega a tiempo. Yo abro la puerta.

"Hola Eugene, entra."

Ella entra y se quita el abrigo.

"Siéntate. ¿Quieres una taza de té o café?"

"Adelante, té," dijo.

"Tomemos algo caliente para beber y calentarnos un poco."

"Siempre empiezo primero con la meditación para que podamos liberar nuestra mente para el tantra."

Como preparación, ya he colocado alfombras grandes en el suelo. Pero primero meditaremos en la silla.

"Ven y siéntate frente a mí. Coloca los pies directamente debajo de las rodillas. Los pies deben apuntar hacia adelante. Asegúrate de que la espalda, la cabeza y el cuello estén alineados. No apoyes la espalda contra el respaldo de la silla. Esto garantiza que "No te vas a quedar dormido." Pon tus manos en tus piernas. "Cierra los ojos," le dije.

"Tienes que abrirte a una experiencia y conexión del siguiente nivel," dije.

"¿Qué es el tantra para ti y que esperas que sea su propósito?"

"¿Estás mentalmente preparado para esto?"

"Estar en el aquí y ahora."

Después de cinco minutos de meditación comenzamos.

Hice todo cómodo. He preparado suaves almohadas.

"Vamos a empezar pronto. Nos aseguraremos de que usted sea consciente de sí mismo. Todo lo que sienta es bienvenido. No oculte sus sentimientos."

Nos sentamos sobre las alfrombras que coloqué en el suelo. Nos sentamos uno frente al otro con las rodillas cruzadas. La miré profundamente a los ojos mientras la tocaba tiernamente.

"¿Sientes mi toque?" le pregunté a Eugene.

"Sí."

"Vamos a centrarnos en la respiración," dije.

"Se respira desde el abdomen y se expulsa por la nariz."

"Respirar."

Eugene mira su estómago.

"Exhalar."

"Sigue mirándome. Tenemos que mantener contacto visual."

"No es fácil," dijo Eugene.

"Abre la boca un poco. No completamente abierta. Ábrela un poco. Lo haremos juntos."

Empezamos a respirar desde el abdomen y a exhalar por la nariz mientras nos mirábamos.

"Voy a tocarte ahora, pero no está permitido tener un orgasmo. Cuando sientes un orgasmo, tienes que concentrarte en tu respiración. Al concentrarte en tu respiración, recuperas el control sobre tu cuerpo."

"¿Estás listo?" le pregunté a Eugene.

Muevo mis dedos sobre su cuerpo. Tocarla así despierta sus nervios. Después de un tiempo pasé al siguiente nivel.

"Quítate la ropa. Puedes dejarte el sostén y las bragas puestas. Acuéstate boca abajo," le dije.

Me levanté y tomé un aceite de masaje calentado. Abro la parte de atrás de su sujetador y lo dejo caer. Le puse un poco de aceite de masaje en la espalda. Paso mis manos por su espalda.

"¿Te sientes relajado?" yo pregunté.

"Sí, es maravilloso."

Le masajeo las nalgas lenta e intensamente, le aprieto las nalgas. Sé que esto puede ser muy emocionante para algunas personas. La oí gemir.

"Sigue concentrándote en tu respiración. Mantente relajado."

Me quito la ropa y me cubro completamente con el aceite de masaje.

"Manténgase relajado y sorpréndase."

Me acuesto sobre ella tranquilamente. Deslizo mis pechos contra sus nalgas. La escucho gemir de nuevo.

"Continúa concentrándote en tu respiración," repetí.

Pongo mis manos debajo de su estómago mientras sigo deslizándome contra sus nalgas con la parte inferior de mi cuerpo.

Me siento a su lado de nuevo.

"Puedes quitarte el resto de la ropa y acostarte boca arriba."

Se quita el sosten y las bragas y se acuesta boca arriba. Le puse aceite de masaje en el estómago. Deslizo mis manos desde su estómago hasta sus pechos. Le masajeo los senos. Tomo sus pezones entre mis pulgares e índices. Paso mis manos por sus piernas y entre sus piernas. Noto que está empezando a mojarse un poco.

"Concéntrate en respirar." "Respira por tu abdomen, exhala por tu nariz", le dije mientras le masajeaba el clítoris.

"Ya siento un orgasmo," dijo.

"Creo que es un buen momento para terminar esta sesión.

"Continuaremos la semana que viene," le dije.

Tomo una toalla limpia y limpio el aceite.

"Creo que el Tantra es una forma hermosa de conectar con los

demás. Tienes que aceptar tus sentimientos. No importa qué tipo de sentimientos sean. Si es deseo, ira, rabia, no importa."
"El tantra no se trata de orgasmo sino de energía sexual. Cada vez que acumulas energía sexual. Esto te permite despertar tu sistema nervioso y puedes sentir más. Y al final el orgasmo es más intenso y más sabroso."

"Experimenté eso. Pero no nos quedamos ahí," dijo Meghan.
"¿Qué quieres decir?" le pregunté a Meghan.

¡Continuará!

Historia 18

Es una tarde bochornosa.

"Entra, entra", dijo mientras me abría la puerta. Me reí entre dientes ante su entusiasmo y me subí al auto. Me gustan los hombres galantes. Afortunadamente, Christian es uno de ellos.

"Hola, hermosa," dice Christian.

"Oye, guapo," le dije y le di un beso en la mejilla. Enciende el coche y nos alejamos.

"Acordamos tres," dijo.

Pone su mano debajo de mi vestido.

"Mmm… no siento bragas."

Pone su mano sobre mis senos.

"No siento el sostén."

"No, utilicé una cinta."

"Acordamos que solo usarías tres. Solo cuento una y ese es el vestido."

"Olvidaste los zapatos."

"Son dos, entonces, ¿Cuál es el número tres?"

"El número tres es una sorpresa."

"¿Una sorpresa?" ¿Qué es? ¿Aún tienes que usarlo?" preguntó.

Después de unos minutos de conducción llegamos a nuestro destino. Christian había reservado una mesa en un bonito restaurante junto al mar.

Tomamos asiento en nuestra mesa.

"¿Quieres algo de beber?" preguntó.

"Sí, solo agua."

"¿Agua?" Eres tan aburrido."

Siempre tomo agua cuando salgo a comer con un extraño. No creo que sea prudente beber mientras todavía tengo que descubrir a esa persona. Me siento más segura con el agua.

"Si ese fuera el caso, no habría estado de acuerdo contigo. "Y tampoco me habría subido a tu auto" le dije y le guiñé un ojo.

"¿Qué puedo servirles?" preguntó el camarero.
"Una copa de vino y para ella una coca cola," dijo Christian.
"¿Coca-Cola?" dije agua."
"No hay diferencia, ¿Verdad?" "La Coca-Cola también es aburrida."
Sentí los nervios corriendo por mi cuerpo.
Aquí estoy. Estuvimos de acuerdo en que ninguno de los dos quería una relación. Queríamos descubrir cosas nuevas y disfrutar el uno del otro. Disfrutar sin obligaciones. Disfrutar sin expectativas. Solo sexo. Solo sexo caliente y salvaje. A los dos nos faltaba sexo. Nos ayudamos mutuamente. El arreglo fue así de simple. Ayúdense unos a otros.
Lo miro intensamente. Veo sus labios moverse, pero no tengo idea de lo que está diciendo. ¿Sería mejor que Anthony? pensé.
"¿Me vas a decir qué es el número tres?" preguntó con curiosidad.
"No, eso es una sorpresa."
"Ven aquí."
Me levanté y me senté a su lado. Escuché mi corazón, latir con fuerza y mi respiración aumentar.
"Ven y siéntate en mi regazo."
Me senté en su regazo. Sentí sus manos deslizándose sobre mis nalgas. Lo miro profundamente a los ojos. Sus ojos brillan. Siento que me quería. Me da un beso intenso. Muerdo su labio inferior. Presiona mi cuerpo contra el suyo.
"Aquí tengo un vino. No indicaste lo que querías, te servimos el mejor vino. "Y tenemos una coca cola," dijo el camarero.
"Gracias."
"También tengo una sorpresa para ti. "Tienes que confiar en mí."
Saca algo de su bolsillo e inmediatamente pasa sus manos

debajo de mi vestido. Inserta algo frío en mi vagina. Intenté reprimir un gemido. ¿Lo que es? No tengo idea, pero se siente frío y caliente al mismo tiempo.

"Puedes volver a tu asiento." Me levanté y me senté frente a él nuevamente.
Cogemos el menú y miramos qué especialidad tienen.
"Tengo ganas de comer pescado," dije.
"Tengo ganas de carne, mucha carne," dijo.
Antes de que pudiera responder, sentí un hormigueo en mi vagina.
"Aaay…" gemí.
"No tan fuerte, estamos en un restaurante. ¿Recuerdas?" dijo riendo.
Saca el control remoto de su bolsillo y lo coloca sobre la mesa. Presiona un botón. Empezó a temblar más fuerte.
"Oooooh, ¿qué carajo es eso?"
"Son bolas vaginales que compré especialmente para ti." Presiona un botón nuevamente.
"¿Puedes sentirlos vibrar?" ¿Maravillosos?"
Jadeé.
Ooh… eso está tan caliente. Apreté mis muslos. Se siente más intenso. Sentí esas bolas golpeando cada centímetro de mi vagina.
"¿Puedes aguantar?"
"Apágalo. No puedo aguantar más, no. "Por favor apágalo."
"Está bien, lo voy a apagar", me mira profundamente a los ojos y toma un sorbo del vino.
"No puedo soportarlo más. "Esto es insoportable." Mi cuerpo tiembla. Sentí venir un fuerte orgasmo. Lo apago.
"Dije, no puedes correrte ahora mismo."
Él se paró. Saca dinero de su cartera y lo tira sobre la mesa.
"Venirte."

Condujimos hasta un bosque donde hay mucho movimiento durante el día, pero por la noche es aterrador estar allí. Salimos del auto.

"¿Puedo sacar las bolas ahora?" yo pregunté.

Me levanta y me pone en el cupierta del motor. Él levanta bruscamente mi vestido.

"Déjame hacer eso."

Su rostro desapareció entre mis piernas.

Sentí su mano deslizarse dentro de mi vagina. Saca las bolas. Rápidamente, se desabrocha el cinturón y vuela. Se saca el pene del pantalón.

"A la mierda los juegos previos."

Pone su pene en mi vagina húmeda y cachonda y comienza a empujar con fuerza.

Chupa y muerde mi pezón con fuerza.

Gemí de placer. Pone sus dedos en mi boca.

"Ssshhtt, no grites fuerte, pronto seremos atacados."

Tomo sus dedos en mi boca y los chupo.

"Bajate y da te la vuelta, dice."

"Oh." Él dijo.

"Sorpresa. Ese es el número tres". Había descubierto el tapón anal.

"Qué agradable sorpresa," me susurró al oído. No quiero nada más que sentir finalmente su polla dentro de mí otra vez.

"Abre tus piernas." Me empuja sobre el capó. Me da una palmada en el trasero. Empuja su pene dentro de mi vagina nuevamente y comienza a empujar profundamente.

"Moja mis dedos," dice mientras mete la mano en la boca.

Saca su pene de mi vagina y me quita tapón anal. Moja mi culo con sus dedos mojados. Separa mis nalgas y empuja su pene profundamente en mi culo de una sola vez. Grité. Se quedó quieto por un momento sin moverse.

"No te muevas, necesita algo de tiempo para acostumbrarse,"
dijo.
Comienza a empujar lentamente. El dolor ha sido reemplazado
por el placer. Después saca su pene y chorrea todo mi pie.

*"¿Podría haber reemplazado a Anthony?" le pregunté a
Samira.*
"Hay más," dijo Samira.
"¡Ay! Dime."
"Resulta que tiene un fetiche," continúa Samira.
"¿Fetiche?" No, espera. No me estás diciendo que él..

Continuará en la parte 2.

Historia 19

No dormí muy bien, pero todavía tengo turno de nocturno. Eso es bastante difícil para mí. Salgo del auto suspirando y cansado. Realmente no tengo ganas de hacer esto, pensé.

Pero eso sí, las facturas hay que pagarlas. Pon cara de póquer y vete, Carla, pensé.

Recibo la transferencia de un colega.

"No espero ninguna locura. "Hay una nuevo paciente de unos treinta años," afirma.

"Está buenísimo," me susurró al oído.

"Ya verás," dice y me guiña un ojo.

Estoy cansada y un poco de mal humor. Ningún paciente puede mejorar mi noche, pensé.

"Bueno, ya me voy. ¡Buena suerte!", dice mi colega. Ella empaca sus cosas y se va.

Sentí curiosidad y fui directo a la habitación 90. Es un departamento solo para gente de élite.

Abro la puerta y veo a un hombre caliente acostado en la cama. Tuvo un accidente, pero tiene que permanecer unos días en el hospital para un chequeo.

"Buenas noches, soy tu enfermera para esta noche. Mi nombre es Carla," le dije.

En este departamento, los pacientes tienen el lujo de quedarse solos en la habitación.

"Buenas noches, enfermera Carla, esta noche me mimarás," dijo y me guiñó un ojo.

¡Qué bombón! Creo que ya está listo para irse a casa, pensé.

"Si necesitas algo, puedes presionar el botón de emergencia," le dije.

"Concentraté en tu trabajo, Carla," me dije.

"Ciertamente, lo haré," dijo.

Noto que ya no estoy cansado ni de mal humor.

Si tuviera un paciente agradable como Félix todos los días, vendría a trabajar todos los días sin quejarme, pensé.

Me siento un poco excitado al pensarlo. ¿Cómo puedo pensar que estoy jodiendo a un paciente? No, no, no, eso no es posible. Está prohibido, Carla. ¿Sexo con un paciente? No, eso es absolutamente imposible. ¡Esto es un hospital y no un burdel! Es un pensamiento travieso, pero la idea todavía me pone cachonda y mojada.

Estamos solo nosotros dos hoy. Muchos colegas se han reportado enfermos.

Son las dos de la madrugada. Se presiona un botón de emergencia. Mi colega fue a ver qué estaba pasando.

Se vuelve a presionar un botón de emergencia. Veo que viene de la habitación de Félix. Mi corazón empieza a latir con fuerza.

Camino hasta su habitación y abro la puerta.

"Ahí está mi enfermera favorita. Esperaba que vinieras," dijo.

"¿Puedo ayudarte con algo?" dije.

"¡Si, mira!" dijo señalando su pene que tiene una erección dura.

"¿Qué pasa con eso?" le pregunté.

"¿Me diste pastillas para la erección? ¿O eres tú? Estaba pensando en ti todo el tiempo. Nunca antes había visto a una enfermera tan sexy. Me enfermaría todos los días solo por verte".

"¿Puedo tomar tu mano?" preguntó.

"Sí, eso está permitido."

Siento que mi coño se moja más.

Comportaté Carla. Sácalo de tu cabeza. ¡Esto no es posible!

"¿Puedo mover tu mano?" preguntó, tomándome la mano.

"Si no quieres, tienes que decirlo."

"Puedo comprobar y sentir lo que es." Pero primero tengo que ver y sentir si es una erección real," dije.

Soltó mi mano y caminé hacia la puerta. Cierro la puerta.
Camino de regreso a la cama. Puse mis manos debajo de la
manta. Sostengo su pene con mis manos.
"Puedo confirmar que es real," dije.
"¿También se puede sentir si se trata de una erección real?" dijo.
Me subo a la cama de espaldas a él.
Puse su pene duro como una roca dentro de mí.
"Ooooo, eso se siente como una erección real," dije.
"Mmmm…" gimió.
Estiro las piernas hacia adelante y lentamente empiezo a rotar
las caderas.
"Qué enfermera tan agradable y cachonda eres," gimió.
"Sshhhtt… no tan fuerte," le dije.

*"Qué rico, Lazy Rodeo." Ese es el nombre de la posición. "La
tensión lo hace muy caliente," dije.*

"Realmente lo necesitaba. Mi marido no me toca desde hace
mucho tiempo," me dice Carla.

*"¿Te pillaron? ¿O te escucharon otros pacientes?" le pregunté
Diamantha a Carla.*

*Diamantha a los lectores: "¿Ustedes también tienen
curiosidad? ¡Esperen la parte 2!*

Historia 20

Ella toma una cuerda larga. Me ata las muñecas a la espalda. Ella usa el resto de la cuerda para envolver mis brazos a mi cuerpo. Pone la cuerda entre mis brazos y mi torso y la aprieta con fuerza.

Luego me abofetea fuerte en la cara.

"¿Vas a obedecer hoy?"

"Sí, señora Lily," dije.

"¿Quién? No puedo oírte."

"Ella me va a pegar otra vez."

"Sí, señora Lily," dije más fuerte.

Durante el día soy director de una conocida empresa de telecomunicaciones. Dirijo a más de 400 empleados. Pero cuando cierro la puerta, ya no soy director. Entonces soy sumiso. Me gusta no estar a cargo por un tiempo. Me gusta obedecer. Ser abusado.

Ella toma un cosquilleoe plumas negro y comienza a hacerme cosquillas debajo de las axilas.

"¿Sabes cuáles son las reglas del juego?"

"Si señora."

Empecé a reír. Ella me abofetea.

"Dije... Ya sabes cuáles son las reglas," dice.

"Si señora."

Ella pone el cosquilleo debajo de mi escroto y comienza a hacerme cosquillas.

No pude contener la risa y comencé a reír de nuevo.

Ella me abofetea.

"Esclavo desobediente. Te daré una lección."

Camina hacia la cocina y regresa con una mandarina en la mano.

"Abre la boca."

Abrí la boca y ella metió la mandarina en mi boca.

Ella vuelve a tomar el cosquilleo y me hace cosquillas en las pelotas y en el pene.

Me cuesta reír con una mandarina en la boca.

Empecé a reír de nuevo. Ella aprieta mi scroto.

"¿Qué no entiendes de la palabra…? ¿Obedecer?" ella dijo.

Mueve el cosquilleo hacia mis pechos. Escupí la mandarina de mi boca y comencé a reírme mucho.

Ella deja el cosquilleo. Toma una "vela de cera caliente" roja y la enciende.

"¿Quieres más? ¿Quieres obedecer ahora?"

"Si señora."

Deja caer cera de la vela sobre mis pechos.

"Mmmm…" gemí.

Me abofetea de nuevo.

"¿Te di permiso para gemir?"

Ella me abofetea de nuevo.

"No, señora. Lo siento, señora."

"Señora… ¿Quién?", preguntó mientras me agarraba la cara con fuerza.

"Señora Lily," dije.

Me abofetea de nuevo.

"Bien hecho."

Deja caer cera de la vela en mi espalda.

Contuve mi gemido. Qué difícil es eso. Simpático y sumiso.

"Tienes un trabajo público y importante. Sé que nadie debería saber lo que haces en secreto," le dije a Charles.

"¿Cómo conociste a la Señora?" le pregunté a Charles.

¡Parte 2 para más!

¿Vas a una aventura?

Por favor protégete. ¡Usa condón!

Gracias

Mi agradecimiento al equipo Goozlyzo.
Gracias por creer en mí. Sin vosotros no
habría tenido el valor de publicar el libro.

Mi agradecimiento va para: ¡TI! Gracias por
comprar el libro. Espero que hayas entrenado
tu imaginación. Espero que esto te haya
ayudado a experimentar el orgasmo.

Léelo varias veces y no olvides compartirlo con
todos tus conocidos.

¿Quieres mantenerte informado sobre los
próximos libros?

Síguenos en:
www.instagram.com/diamanthapearl
www.goozlyzo.com
www.diamanthapearl.com

No estamos listos. ¡Este es solo el comienzo!
¡Encantado de conocerte!

Próximo Libro

Próximo Libro